掟上今日子的家计簿

NISIOISIN
西尾维新／著
绯华璃／译

台海出版社

千本樱文库

前 言
PREFACE

文库，原本是指收纳书物的仓库和书库，也指收纳书与记事簿，以及不常用物品的小箱子。以前者为例，京浜急行线的“金泽文库站”就是以前镰仓时代北条氏用来收藏汉书用的，“金泽文库”名字的由来便是如此。东京都的世田谷区也存在着收集着珍贵汉书的“静嘉堂文库”。后者则更多地被称为“手文库”。

江户时代以来，可以放入袖袂的小开本书籍逐渐流行起来，被称为“袖珍本”。明治三十六年（1903 年），富山房发行了小开本的丛书，起名“袖珍名著文库”。随后，明治四十四年（1911 年），讲述战国时代的猿飞佐助和雾隐才藏系列故事的讲谈社“立川文库”发行出版。讲谈是日本民间艺术，以口语化的方式讲述历史故事的形式。而“立川文库”则是将讲谈收录成册集中出版的丛书，据统计，当时刊行量为 200 册左右。从那时起，文库就脱离了原本的释意，逐渐演变成了现在的类书集丛。

文库说法借鉴了日本出版业界的传统说法。而千本樱源自日本奈良县吉野山樱花盛开的奇景，世人皆称“一目千本樱”来形容樱花美景。千本樱文库的纳入作品皆为日系作品，题材包括推理、悬疑、幻想、青春、文化等类型，正如千本樱满山盛开的绝景。

现代日本，以“文库”命名刊行的丛书系列有200种以上，所谓“文库本”只不过是统称而已。日本传统的“文库本”常用的是A6尺寸的148mm×105mm，也叫“A6判”。千本樱文库的所有书籍将在“文库本”的基础上提升，达到148mm×210mm的开本标准。追求还原的前提下，力图带给读者更清晰的阅读体验。

从20世纪70年代以来，日系推理小说逐步进入中国读者的视野。随着时代更替，涌现出了各种不同风格的作家。日系推理能够长久不衰的原因之一在于设立的各种新人奖，这些新人奖能为日本文坛输送新鲜血液，不断地创作优秀作品。其中，以自由度著称的梅菲斯特奖独树一帜。梅菲斯特奖是讲谈社旗下的公募新人奖，其特色在于不限题材，不设字数限制，能够充分发挥作者的想象力和创作力。因此，获奖作品都具有鲜明个性。同时，如森博嗣、京极夏彦、辻村深月等人气作家也都出道于梅菲斯特奖。梅菲斯特奖作家系列的引进出版，会给读者带来更多的个性之作。

西尾维新作品的风格，即使放在梅菲斯特奖的历史上，也是独具一格的。2002年至2005年期间刊行的“戏言系列”兼具文学性与娱乐性，打破了本格推理小说解谜为主，不注重登场角色的传统。其作品中，经常出现形形色色个性怪异的角色形象：喜爱自言自语的大学生、醒来就会失忆的侦探……千本樱文库会陆续为各位读者带来他们的故事。

千本樱文库编辑部

作 家
WRITER

鲇川哲也奖作家系列

◉ 相泽沙呼
◉ 城平京
◉ 芦边拓
◉ 柄刀一

梅菲斯特奖作家系列

◉ 西尾维新
◉ 井上真伪
◉ 天祢凉
◉ 殊能将之
◉ 木元哉多
◉ 北山猛邦

其他作家系列

◉ 乙一
◉ 三津田信三
◉ 仓知淳
◉ 深木章子
◉ 横关大
◉ 野崎惑

掟上今日子的家计簿

第一章 掟上今日子的有谁得利

1

俗话说，现实比小说更离奇，但写在小说里的故事终究不会发生在现实世界里。更别提像是写在推理小说里的命案，其实根本就不会发生——每次听到有人开口这么说教，御帝野警部总在心底发誓，长大绝不要成为这样的大人。然而唯独这次，他决定稍微改变一下这个想法。

虽然只是微调，但或许也是因为他已经长大了。

至于究竟变成什么样的大人，就先姑且不论。

总之这次终于让他领悟到，就算推理小说中的命案发生在现实世界里，也不会照着推理小说里写的发展情节进行。

当他如愿晋升警部一职，发现光芒四射的梦想也只不过是单调乏味的现实时，也曾有过类似的体悟。

责任增加了，手续增加了，工作量增加了。

并非只有好事。

……不，御帝野警部倒也不是期盼宛如推理小说里描写的那种命案真的发生，更没有期望能让自己负责侦办这种荒唐想法，而且无论是什么样的命案，都不会有什么“好事”值得期待。

有的只是烦琐的作业。

有的只是小说家不会写出来的林林总总，或是被编辑删除的那些一点也不有趣的烦琐杂事。

要说一如往常也是一如往常，至少事到如今，也没什么事是想不开的。但这次的案子还是太过于特殊了。

毕竟是……暴风雪山庄。所谓“封闭空间”的典型代表——作为推理小说的舞台，或该说是无巧不成书。

不过，倒也略微古典了些。

既然如此，就没什么好犹豫的——宛如推理小说般的舞台已近在眼前，就只能找宛如推理小说般的名侦探来解谜了。

人称“忘却侦探”的她。

一个从不曾被写进推理小说里，令人伤透脑筋的名侦探。

2

“初次见面，让您久等了。我是置手纸侦探事务所的所长——掟上今日子。这里果然好冷呢。”

今日子小姐来到山上名为“观星者”的民宿，在面对御帘野警部如此自我介绍的同时，深深低头致意。在雪山中，她那满头白发显得莫名耀眼，使其看起来有几分雪女*的味道。

* 雪女：日本古代传说中出现的一种妖怪。她拥有雪白的肌肤、漂亮的外貌、贤惠的性格，却可以在你违背誓言的瞬间毫不留情地取人性命，美丽而又恐怖。——译者注

不过，应该没有雪女会着戴眼镜，然而或许是本人有意为之，今日子小姐一身雪白的装束——穿着毛茸茸的白色大衣，围巾和手套都是白色的。只有靴子是红色的，着实醒目。

初次见面……吗？

事实上，御帘野警部已经是第四次请今日子小姐协助办案了，但显然他早就被她忘得一干二净。

当然，这并非是因为御帘野警部的长相让人看过即忘，也不是因为她太没礼貌——即便对于“自己是否能让人过目不忘”确实没什么信心，但在御帘野警部认识的侦探之中，今日子小姐已经算是非常有礼貌的侦探了——甚至该说是太有礼貌，像是个没有感情的机器。

从这个角度来看，就连她那亲切可人的笑脸，也只让人感觉是沟通时的隔阂。不过毕竟对今日子小姐而言，这真的是初次见面，也无可厚非。

忘却侦探——掟上今日子。

她的记忆以天为单位每天重置。

就像只能读取一次的记忆卡，所以无论她调查过什么样的案子，找出过什么样的真相，到了第二天都会忘得一干二净。

一个有时间限制的侦探。

然而在另一方面，身为侦探，她却是一个能恪守最重要的保密义务，绝不漏一点口风的侦探——可以说是“侦探中的侦探”——正因为如此，身为警察机关一分子的御帘野警部才敢像这样委托她协助调查。

不同于推理小说的世界，现实世界里，警察其实是不太能够委托私人侦探协助调查的——“这也是现实中真的发生”类似情况，不得不谨慎处理的繁杂手续之一吧。

御帘野警部一边这么想，一边亮出警察手册向她自我介绍：

“初次见面，敝姓御帘野。”

御帘野警部其实也不用陪着说“初次见面”，但这就像是一道必要手续，与忘却侦探开始合作的一种仪式。

“您好，请多多指教。我定当竭尽绵力为警方效劳，敬请期待。请问命案是发生在这栋民宿里吗？”

今日子小姐迅速切入正题。

不愧是勤快的侦探——不，是最快的侦探。

由于能够使用的时间只有一天，她往往都会跳过既定程序，直击主题。光就这一点来说，比推理小说的进展快多了，真是感激不尽。

只是，这可不是在下着雪的大门口讨论的时候。

还得顾虑旁人的目光。

虽说御帘野警部已经习以为常，但看在不认识今日子小姐的当地警察眼中，搜查主任与神秘白发女性站着讲话的模样，肯定非常不可思议吧。

“细节请移步到屋里再谈——我已经请人准备好空房间了。”

“哎呀，这样啊。那么，我就恭敬不如从命喽。”

今日子小姐说完，转身——却又稍稍停下脚步。

“嗯？怎么了吗？”

“没什么，我只是看一下回程的公交车时间，不知道最后一班车是几点，毕竟我可不能在这里过夜。”

跟推理小说里的侦探不一样。

今日子小姐开玩笑似的这么说——这也正是御帘野警部目前烦恼不已的问题。

3

“昨晚在这栋民宿里发生了命案，死者是当天入住的客人，出云井未知小姐。”

御帘野警部将今日子小姐带到民宿一楼的客房内，准备好饮料——黑咖啡之后，屏退闲杂人等，开始说明案情概要。其实御帘野警部本身也很难说已经完全理解事情的全貌，毕竟是刚发生没多久的案件。他也想借由描述给别人听，来整理下自己的头绪。

“噢，那还真是不幸。”说着，今日子小姐双手合十。

不过这个房间并不是案发现场，虽说构造是一样的。

顺带一提，她穿在大衣底下的那件软绵绵的毛衣，也是白色的。

穿着这身衣服，在吃饭的时候显然要非常小心。

“原来如此，原来如此。话说我是第一次来到民宿这种地方，看起来隔间比一般的饭店还要雅致呢。呵呵呵，这么一来，感觉好像是跟御帘野警部一起来滑雪旅行呢。”

听到女侦探如此毫无防备的发言，比起心里小鹿乱撞，御帘野警部却感觉仿佛一开场就被来了个下马威——就算身为侦探的能力不容置疑，今日子小姐依旧不是好相处的工作对象。

这也是小说与现实的落差吗……如果是推理小说，侦探的爱情故事再怎么样也不过是用来调剂的香料吧。

虽说最近侦探恋爱故事的桥段应该也多了很多变化，然而在工作上，今日子小姐毕竟是个克己的侦探，这种令人浮想联翩的台词，似乎仅是作为提出“被害人出云井小姐又如何呢”这个疑问的前奏。

没有情感——只是公事公办。

“我的意思是说，有人跟她一起投宿吗？”

“没有，她是一个人来旅行的。如今一人旅行已经很常见了，似乎就是单纯为了享受在雪山滑雪的乐趣而来。”

仔细想想，虽然刚才今日子小姐说她是“第一次来到民宿这种地方”，但这句话其实根本没有半点可信度。或许就她的记忆所及，自己的确不曾来过。御帘野警部特地加个“如今”做说明可能只是多余。

“滑雪吗？要是时间晚一些还有公交车，我也滑一下再回去吧！”

今日子小姐游刃有余地说道。

倘若将这视为其身为最快侦探的自信，那这个人真是再可靠不过了。当然，破了案之后要怎么度过公交车出发前的时间，完全是她的自由。

御帘野警部个人也想见识一下今日子小姐的滑雪装扮——不，这仅仅是奢望。案子一旦解决，他终究只得怏怏下山离开。

他可不是来滑雪的。

是来办案的。

“目前已知的情报已经了解，请告诉我死因及案发时间。”

能这么干脆利落地对一个人的死亡提出问题，令御帘野警部感觉有些害怕，但毕竟彼此都是内行人，他也不多做揣测。

“死因是殴打致死，案发时间为昨晚凌晨一点到三点之间。”

御帘野警部不带情绪地冷静回答。

“案发现场为死者下榻的 201 号房，由于犯罪现场在死者单独投宿的房间里，所以没有目击者。”

“嗯哼。”今日子小姐点点头说，“这么说，案发时的状况——可以想象应该是三更半夜造访 201 号房的神秘访客，将死者殴打致死的吧。至于这名不速之客是趁死者睡着以后偷溜进来，还是她自行开门让对方进来，目前还无法判断。”

“是的……是这样没错。不过由于死者并非死在床上，警方分析死者应该不是在入睡后遭到殴打，而是在意识清醒的情况下，遭受意想不到的攻击。”

没有争执的痕迹，也没有抵抗的痕迹。

这也表示现场并未留下足以锁定凶手的痕迹。

“一个人外出旅行之时，半夜与某个人见面，遭受意想不到的攻击——有可能发生这种事吗？”

今日子小姐喃喃自语，自顾自地提出质疑，接着像是想换个角度分析似的，又提出下一个问题：“有已经锁定的嫌疑人吗？”

“有的。可是，还不知能否称之为‘嫌疑人’，毕竟他们只是‘有机会下手的人’。如同今日子小姐刚才注意到的，这里公交车班次甚少，是个交通不太方便的地方。”

也因为如此，才会在这里开起民宿——一旦下起大雪，为了避免发生车祸，会马上封闭道路。

“也就是说，昨晚这里成了一个封闭空间吗？外人无法入侵，里面的人也没办法出去……”

真不愧是名侦探，一点就通。

“是的。虽然今天的天气已经比较稳定，不过听说从昨天下午开始，这里不间断地下着雪，连一米以外的东西都看不清。别说滑雪了，根本无法跨出民宿一步。”

“是喔。”

在只有“今天”的今日子小姐耳中，昨天的事听来就像是异世界的传说。

“难怪大家都说山上的天气瞬息万变——嫌疑人……或者该说是嫌疑人候选人，就只可能限于当天入住这间民宿里的房客和老板喽。”

“是的，就是这么回事。”

御帘野警部边说边翻开笔记本。

他已经先把嫌疑人名单抄在里面，接下来只要照着念就好：

“除了被害者以外，昨晚入住的房客共有三组。分别是一家四口的父母和子女，还有一对年轻的情侣，最后则是一对退休的老夫妇。”

以这样的摘要说明开场，御帘野警部陆续报上具体的名字及年龄——这些全都是个人资料，原本不能随便告诉民间的侦探。但因为今日子小姐是忘却侦探，丝毫不用担心会泄露出去。

事实上，这些情报非但不会在今日子小姐的脑海里留下记忆，她甚至不会将其留下记录——就像与手拿笔记本照着念的御帘野警部互为对比般，今日子小姐连笔记本都没有拿出来，可以想见她根本没带。

“嗯。房客除了死者以外，共有八人——再加上老板呢？”

“老板是一对兄妹，算是所谓的上班族转行。民宿已经开了五年。”

“哦，好好哦！我是独生女，所以很希望能有个哥哥呢。”

“……今日子小姐是独生女吗？”

“天晓得……就算有，我大概也忘了。”

怪沉重的话题。

忘却侦探的家务事。

“这样的话，总共有十名嫌疑人……虽然严格说来，已经可以排除这对陪同父母出游的儿女涉案。”

“说得也是。”

与其说是可以排除涉案，不如说是非得排除不可。

因为女儿只有六岁，儿子今年四岁。这两个小孩能不能举起致命凶器都还很难说，所以实际上能视为嫌疑人的人物，只有八人。

合家出游的父亲（32 岁），合家出游的母亲（30 岁）。

情侣档男方（22 岁），情侣档女方（24 岁）。

老夫妇中的丈夫（61 岁），老夫妇中的妻子（57 岁）。

民宿老板兄（35 岁），民宿老板妹（30 岁）。

“呵呵呵。要是推理小说，有时候光看登场人物表就能锁定凶手了，但现实中果然还是没这么简单呢。”

今日子小姐微笑着说道。

然而，要这么说的话，比起推理小说，看到推理剧的演员表时，这种形容应该会更为贴切。

“话说回来，只不过是入住同一间民宿，就被警方当成嫌疑人看待，还真是让人不舒服。大家现在都在做什么？”

“做什么呀……就请他们留在这间民宿里，配合调查。这其实蛮令我头痛的……也正是我想与今日子小姐商量的问题。”

“商量？”今日子小姐侧着头反问，“我还以为您是委托我来解决杀人命案的，难道是最快的侦探跑太快，没搞清楚会错意了吗？”

“不，当然无论如何要解决命案，但是——可以请你尽快解决吗？”面对最快的侦探提出这种要求，根本是多此一举，但御帘野警部仍旧开了口，而且还是以强调的语气，“如你所见，天气已经恢复正常了，只要想下山，坐上车随时都可以。也就是说……被视为嫌疑人的客人们都想回家了。”

“想回家……”

“对警方而言，要是放他们回家，势必会在调查过程中带来非常大的困扰，所以在理出一定的头绪以前，还希望他们能暂时留在这座雪山上。但是当我们提出这个请求时，这群人却无理取闹，居然连‘既然如此，住宿费用应该由警方负担’这种话都说出口。”

“无理取闹”这种用词，想必给人很差的印象，御帘野警部也自觉失言，但是站在执行公权力为人民服务的立场上，这是他的真心话——毕竟事关命案调查，只要没有做亏心事，身为善良的市民，理应要义不容辞提供协助才是。没错，就像出现在推理小说里的人物那样。

只可惜，现实比小说更离奇——不，是现实比小说更麻烦，这群房客的抗议非同小可。甚至还有人提出“今天再不回去的话，家人担心就会跑来接我，所以请让我打电话回家”这般无理的要求，真让人受不了。

不过，每个人都有预定计划，换成自己站在同样的立场，肯定也会抱怨的。想到这里，御帘野警部就无法悍然拒绝了——话虽如此，可是加上小朋友，要从经费里拨出八人份的住宿费用，依旧是不可能的任务。

虽然也不能因此硬是逼迫无理取闹的可疑对象勉强配合，导致调查有所不周，可是御帘野警部有自己在职场上的立场。

因此，他找上了白发侦探——比起八人份的住宿费用，付给今日子小姐的委托费算是便宜得多。

“所以不只是在今天之内，这次想麻烦你在民宿退房时间之前破案，有可能吗？”

“对于最快的侦探而言，倒也不是不可能。”

今日子小姐干脆地接受了这样的委托，看了一眼放在房间里的时钟——现在是上午十一点，民宿退房时间则为中午十二点。

还有一个小时。

“看样子，下午可以充分享受滑雪之乐，真是太好了。话说，居然拿住宿费这种俗不可耐的主题做文章，这个世道也真是太差了。”

“不，呃，因为住宿费也绝不是一笔小数目，所以会这么要求，想想其实也是理所当然的……”

“既然如此，我也可以跟您商量一下吗？请您想想看，就像车子开上高速公路时，也是要另外收费的吧？”

4

接下来是一连串俗不可耐——或该说是锱铢必较的讨价还价，更加压缩了原本就所剩无几的时间之后，御帘野警部与今日子小姐终于回归正题。

“那么，首先请让我确认几个前提条件。御帘野警部，被害人出云井小姐是独自出来旅行，而且以前并不认识其他住宿的客人对吧？”

“是的，我想并不认识——我不敢打包票，但从住址来看，大家都来自不同地区，很难想象过去曾有交集。不光是这群房客，听说出云井小姐也是第一次入住这栋民宿，与作为老板的兄妹也是初次见面。”

“原来如此原来如此。”

今日子小姐说道。看起来报酬几乎翻倍令她乐不可支，比平常还认真投入于工作——该怎么说呢，和小说里的不同，现实中的侦探真是现实。

虽说会被钱打动的名侦探还蛮少见的，或许也更具真实感。

会说出“只要能解开吸引人的谜团，不用钱也没关系”的侦探的确是少之又少，但是像今日子小姐这样的也太极端。

“这么一来，如果真有行凶杀人的动机，无非是凶手与死者在住宿期间发生了什么纠纷吧。”

“这就不清楚了。毕竟像这种备有公共休息室的民宿，房客之间不可能全无交流……可是所有人作证时都异口同声，指证不曾发生过纠纷。”

当然，其中可能有人说谎，然而所有人都说谎的可能性却非常低。

正因为是“封闭空间”这样的环境，一旦发生纠纷，立刻就会被第三人知悉，甚至传遍所有人的可能性应该相当高才是，但却无人提到。

“会不会是劫财呢？死者有没有什么东西不见了？”

“没有。别说钱包、首饰、滑雪用具……就连手机及相机之类的随身物品也都没有丢。”

照理说，只有死者本人才知道随身物品有无短少，但至少就御帘野警部的印象，不像是有人动过贵重物品的样子。

这点从经验就能判断。

经验——这是记忆无法积累的忘却侦探绝对无法拥有的东西，所以她或许不能接受这样的说明。

“别这么说，我还要仰仗您的经验，我们可得互补彼此不足之处呢。我虽然没有经验，但在提升破案速度上绝对可以有所贡献。”

我贡献的可不是经验，而是金钱——御帘野警部心想。不过，现在可没时间讨论这件事。

“房间上锁了吗？喔，我不是要问‘现场是否为密室’这种肤浅的问题，只是想掌握现场的状况。”

她似乎认为询问是否为密室是很肤浅的问题——也对，既然都晋升到名侦探这个等级，不可能不是推理小说的书迷。

话说回来，这也的确是调查时所需的信息。

“由于这是间民宿，不是饭店……所以房门并不是自动锁。这个房间也不例外。”

御帘野警部望向房门，门上安装的是辅助锁。

“今天早上，老板娘为了叫死者吃饭而发现尸体时，房门似乎没上锁，也就是房间并非处于密室状态，至于房间钥匙，则放在桌上。”

“嗯哼。那就是无法从钥匙的去向来锁定凶手喽……还有其他与凶手有关的线索吗？”

“目前只能说是毫无头绪，没有任何线索能指向凶手。”

老实说，起初还以为是很简单的案子，还以为无须借助最快的侦探的力量，也能迅速地破案。

因为从一开始嫌疑人便有限——还以为可以轻易地锁定真凶。

然而，包括幼儿在内的十个人，谁都不像凶手。因为没有称得上是动机的动机。

“要是有谁跟被害人出云井小姐一起行动，那个人就会成为头号嫌疑人了，但她是一个人来旅行。单身女子的旅行……也挺危险的。”

今日子小姐说到这里，面露思索神情。

“有人向她表白，结果一时冲动杀了她……倒也不是不可能。只是，这样没有留下争执的痕迹反而不自然。而且根据您至今的描述，怎么想凶手都是打从一开始就想杀害死者。杀人本身即为目的……嗯。”

今日子小姐摸了摸自己的白发。

“可以就您所知的范围，为我介绍一下死者的为人吗？她是不是那种性格容易招惹麻烦，或是个性非常遭人怨恨的人？”

“真要说的话还正好相反。死者似乎是一位讨人喜欢、个性随和的女性。”

御帘野警部起初也曾经有偏见，以为独自旅行者通常都是难相处的人，然而死者非但不难相处，还是一个在旅途中跟任何人都相处融洽的开心果。昨天与她刚认识的其他客人和老板对她的印象似乎都很好。

当然，除了凶手以外。

“或许就是性格开朗才引来反感？再怎么积极正面的理由，翻转过来也可能成为同样消极负面的理由。只不过因此就杀死对方，还是太狠了。”

今日子小姐似乎一边思索，一边随口说出想到的所有可能性——大概又是她惯用的网罗推理吧。不知道这次是否有足够时间听她发表高见。

已经快十一点半了。

能在退房时间之前解开一切谜团，当然是御帘野警部的最大期望，但是只要能达成一半的目标，他觉得就能心满意足了。

只要能掌握状况，能理直气壮地对着八名嫌疑人说“各位可以回去了。不过，请务必随时与我们保持联络”就行了。

“不只是有嫌疑的房客，连老板也在催——不把房间空出来的话，可能就得回绝预定今天入住的客人……要我们赔偿这个损失……”

倘若事情真的发展至此，他也真的想回一句“关我什么事”了，然而还是希望尽可能将与相关人等的纠纷降至最低。

“实在是要不得。钱固然很重要，可是说得这么露骨，还真让人不知该如何是好呢。”

今日子小姐无可奈何地耸了耸肩。

很难想象这是出自一个刚才让御帘野警部不知该如何是好的人口中的话。

“不仅要让钱包不空虚，我希望自己的心灵也很充实。”

今日子小姐大言不惭地说。

没说出“希望心灵能比荷包充实”算是诚实吗？

“不管怎样，看来大家都对这起命案感到困扰。还是说，有谁能从中得利吗？”

“得利？”

“没错。比起是谁杀了出云井小姐，现阶段‘出云井小姐为何会被杀’更是不可解，所以我想进一步对此做重点探讨。在能够直接锁定嫌疑人的封闭空间里，本来应该是不需要这么做的。”

“当务之急是厘清动机……也就是所谓的‘动机为何’吗？”

虽不是受到刚才“密室”这个关键词的影响，但御帘野警部还是用了推理小说用语来形容。

幸好今日子小姐似乎不觉得这样很“肤浅”，只是纠正他：

“不是‘动机为何’，是‘Cuibono’*喔。”

Cuibono？

Cuibono是什么？推理小说作家的名字吗？

“不是，这也是推理小说用语喔。意思就如同我刚才提过的——去思考在这个案子里，究竟有谁能从中得利——有谁得利。”

说起来其实跟“动机为何”相反呢。今日子小姐补充说明。

以没有记忆的人来说，知识真是渊博。

虽然他早就知道了。

“请恕我才疏学浅，今天第一次听说……那么就目前情况而言，只要去推想有谁会因为出云井小姐的死而获得利益，便能找到真相吗？”

“就是这么回事。”

有人死了，就有人因此得利的情况。

必须以此为前提还真是令人不愉快……但这也是工作。

想必今日子小姐就是把工作与个人情绪切割得泾渭分明——照理说，若有人会因为谁的死而得利，无非是继承遗产吧。

* Cuibono拉丁语，译为“有谁得利”。——译者注

性格姑且不论，被害人出云井未知的收入和存款都只是普通上班族的水平，更何况，嫌疑人之中显然也没有被害人的法定继承人或保险受益人。全都是八竿子打不着的外人。

“……有人会因为八竿子打不着的外人死去而得利吗？”

“日本俗谚有云——风一吹，卖木桶的人就要赚大钱呀。”

今日子小姐的话令人似懂非懂。但御帘野警部受到这句俗话的影响，继续思考金钱的得失——

“从利弊得失的角度来说，嫌疑人中的大多数人都因此蒙受了损失吧。非自愿地被扣留在这栋民宿里……行程都被打乱了。”

即便向警方要求也要不到住宿费的确会造成损失，但问题也不仅止于此。既定行程无法依照原定计划进行，就等于丧失了原本应得的利益——也包括精神上的利益——比起找出谁能因此得到最大的利益，不如去找谁因此蒙受最大的损失还比较快。

“不只房客，老板也是。不，最大受害者或许正是那两位。”今日子小姐说道，“毕竟有人死在民宿里，而且还是他杀，风评免不了会一落千丈，对今后的经营也会造成相当负面的影响吧。”

这大概是身为个人事务所所长的今日子小姐以经营者角度发表的意见，不过身为警察的御帘野警部也同意。虽不能因此立刻将作为老板的兄妹从嫌疑人名单上剔除，但不失为一项判断依据。

御帘野警部稍微想了想，开口说道：

“三组房客遭受损害的程度也不尽相同，要说有阶级之分是夸张了些，但三组人之间的确存在着贫富差距。”

虽然委托对方调查，但也不能把推理或考察任务全都包给侦探一个人。就算要猜中真相非常困难，只要自己的发言可能带给今日子小姐灵感，就不能害怕讲错话。

“贫富差距？怎么说？”

“呃，首先是那一家四口……我认为他们是三组人中，最不乐见这种封闭空间的情况发生的一组。”

“单纯因为人数较多吧？待的时间越长，钱也付得越多。即使是六岁和四岁的小孩，也要正常支付费用，而且还得算作当天入住的价格。”

谈到钱就理解神速。

的确是如此，但问题也不只如此。

“其实他们昨天就打算离开，连退房手续都办好了，但下午的天气突然转坏，不得不折返——换句话说，已经比预定多花了一天的住宿费呢。”

“怎么会这样！”

这个事实似乎使今日子小姐大吃一惊。

谈到钱的反应也太认真。

“遭受的损害确实是难以计算呢。”

“钱终归是钱，还是可以计算的……相较之下，年轻情侣档是在昨天刮起暴风雪的前一刻才入住，原本就预定今天要离开，意料之外的支出并不像那一家人多。”

尽管如此，两人还是坚持要警方负担留宿费用。虽能明白他们的心情，但是面对执法机关的那副强硬态度，不免让人担心起这对情侣的未来。

毕竟并不是所有的警察都像御帘野警部这么通情达理，也不是所有的警察都认识最快的侦探。

“老夫妇又如何呢？考虑到年龄，他们应该不是来享受滑雪之乐的。”

“没错。他们不是来进行冬季运动，而是来雪山散步的——因此这对夫妇原本就已经预约要住一个礼拜，打算悠闲度假，所以此案没有对他们造成金钱上的损失。”

不过在打算悠闲度假的民宿里遇上这种命案，就可以说是蒙受相当大的损失了——然而比起其他两组人，立场的确是不太一样。

“对了，那对老夫妇没有要求警方负担留宿费用吗？”

今日子小姐一副理所当然的样子……慢着，这样也要钱的老夫妇根本是危险人物吧……说是价值观严重偏差也不为过。

“没有，甚至该说是相当配合……啊，这只是和其他两组人的比较，对于这种比自己年轻许多的女孩遇害的命案，他们似乎感触良多。”

当然，前提是他们其中一人，抑或两人都不是凶手的话。

“只不过，虽说没有主动要求，但如果警方负担了其他两组人的留宿费用，也不能不负担他们的份。要说有谁得利，最可疑的就是这对老夫妇了吧。虽然是反向思考，相对之下，他们可以说是最大的受益者。”

“嗯……没有损失就等于获益的思考逻辑，果然还是很牵强……因为光是在法治国家犯下杀人这等恶行的那一刻，就已经蒙受了不堪设想的巨大损失了吧？要是没有足以弥补如此损失的利益，也很难认定他们的嫌疑最大。”

“是啊，世上应该没有什么利益是能够与人命相抵的。”今日子小姐一脸忧伤地说道。

御帘野警部真希望她不要再继续补充这般正直言论，因为那只会使正在以“人命有价”为前提进行推论的自己心中徒增罪恶感。

“至少也要有些当事人认为足以弥补损失的利益在其中。得失相抵还有点小赚的感觉。”

“我认为杀人得利的情况其实并不多见呢……尤其在封闭空间里更是少之又少。”

回归最基本，在暴风雪山庄里杀人本身就不合理，要说是自取灭亡的行为也不为过——为何非要在自己摆脱不了嫌疑的情况下犯罪呢?

推理小说与现实的落差。

正常人应该会千方百计地避免自己的名字出现在登场人物表——所谓的嫌疑人名单上。

只要神智够清醒，谁都不会在风雪大到连外出都有困难的夜里杀人。

不过，如果说会产生想杀人的念头，就已经是无法判断利弊得失——恐怕也无法假设凶手具备正常的精神状态或判断力。

“封闭空间……因为意料之外的恶劣天气造成的心理压力，迁怒殴打独自旅行的女性……”

今日子小姐说着大概就连她自己也认为不可能的假设——说出口，或许就会有新发现——算是她“试了再说”的风格吧。今日子小姐从不怕犯错或失败——反正都会忘记。

然而，说到“迁怒”，这才是对谁都没有好处，似乎是与“有谁得利”相反的概念——真是如此，不就等于随机杀人了吗?

真是不可思议，平时我们都鼓励大家要平等待人，却又在此赋予“随机”这种一视同仁的字眼负面意义……

“如果是失去理智到无法自制的嫌疑人，一旦接受调查马上就会露馅的。可是提到随机——谁都有可能，是吗？”

今日子小姐顿了顿，又接着严肃地说：“或许，我们可以假定昨晚住在民宿里的十一个人之中，死者是最容易被杀害的一个。”

她对这个可能性究竟有几分认真，御帘野警部无从揣测。

“如此一来，就不需要动机了。只是因为死者看起来很容易杀，似乎杀得成，所以杀死她。”

“……这样的话，就不用考虑有谁得利或动机为何了吧？”

只不过，和这种杀人魔一起被关在同一栋民宿里，已经不是推理小说的情节，而是恐怖电影的场景。

那么继续在这里冥思苦想，猜想内幕，或许只是浪费时间——而且距离退房时间也只剩下不到二十分钟。

甚至还没去看过现场呢。

然而今日子小姐的模样却没有一丝急躁。也罢，就算是最快的侦探，站在委托人的立场，也不希望她因为太重视速度，而做出草率的推理。

“不，这时才更应该要思考杀死素昧平生的人究竟有什么好处。一定有其意义，只是一般人不容易理解。”今日子小姐竖起一根手指说道，“杀死素昧平生的人而得利的情况……对了，假设后来产生的结果就是凶手想要的结果好了。”

“……什么意思？”

“比如说，由于发生命案，导致这家民宿无法继续经营。对老板而言固然是巨大的损失，但或许有人可以因此获益也说不定，像是打算在这座山上盖饭店的企业之类的。”

假设有这样的企业存在啦——今日子小姐笑着补上一句。虽然这个假设完全忽略了封闭空间这个前提，但可以理解她的思考逻辑。

甲的损失是乙的利益。

不是相对性的问题，而是整体性的考虑。

“如同有些选择可以让全体得利，也有使得所有人受害的情况，所以其实也不能一概而论，只能当作参考。”

“……那么，是不是可以这么想呢，今日子小姐。被害人出云井小姐住宿时固然没跟任何人起冲突，但是这并不表示其他人之间不曾发生纠纷。假设作为老板的兄妹和某位住房客起了严重的冲突，那个人为了找老板们的麻烦，故意在民宿内制造命案……”

想到这段推论的瞬间，御帘野警部还以为自己找到了不错的切入点，可是讲着讲着，就逐渐失去了自信——这种程度的假设，纵使被人批评是推理小说看太多也无法反驳。

别说是假设了，根本是天马行空的想象。

会因为一时冲动的理由杀害无辜的人，有什么将来可言？如果是头脑这么简单的人，肯定会直接杀死作为老板的兄妹吧。

再说，就算独自旅行的女性比较好下手，也不代表其他人就雇了保镖，完全没有下手的机会。

退一百步，就算脑海中真的闪过这种念头，只要考虑到自己的明天，都不可能基于这种动机而犯罪。

“嗯哼。明天吗……对于只有今天的我而言，就跟昨天一样，都是‘有等于没有’的日期。”

“啊，呃，抱歉，我不是这个意思……”

“别放在心上，我可是以此作为技能谋生的侦探，只是，再这样下去可是会无法完成今天的工作呢。”

今日子小姐说完，自顾自地站了起来，然后催促御帘野警部：“讨论到一个段落了，可以让我看一下现场吗？”

——终于来了吗？

距离截止时间只剩下十五分钟，看起来得承认要在退房时间以前破案，有现实上的难度，不过，住宿设施通常都有延后退房的服务。

而且，要放弃还太早。

御帘野警部虽然不曾亲眼见识那种戏剧化的场面，但是忘却侦探以前曾经创下踏进案发现场的瞬间就看穿真相的纪录。眼下还有十五分钟，要对破案速度最短纪录保持者放弃期待，还为时尚早。

不过话说回来，今日子小姐也早已忘了自己曾经神速破案的事迹……

换个角度看，她是个非常谦虚的人。

只是站在现场负责人兼委托人的立场，御帘野警部仍须事先想好备案。

“即使无法在中午前找出破案的线索，我也想请今日子小姐继续协助调查，能麻烦你配合吗？”

“那当然。”

今日子小姐二话不说地答应了。

“如果是那样，虽然很遗憾，但酬劳也会恢复成一般方式计算——真的很遗憾，我也是千百个不愿意。”

今日子小姐把头摇得像个拨浪鼓似的，仿佛那将是世界上最无奈的事——她对酬劳的执着真是太惊人了。

“因为身为被叫到暴风雪山庄办案的侦探，即使无法防止命案发生，希望至少也能阻止事情演变成连环杀人案呢！”

连环杀人案……吗？

这也是推理小说的封闭空间作品里一定会出现——甚至可说是必然展开的布局——然而现实生活里却极少发生的事情。

杀一个人跟杀两个人没什么不同——若是在小说里，凶手口出这种“惯用句”也算常见，不过一旦出现在现实里，只会让人觉得缺乏真实感。

就算凶手打算连环杀人，也往往在犯下第二起、第三起杀人案以前被逮捕……更别说是在封闭空间里连环杀人，根本就是在拜托警方“请锁定我并快点将我绳之以法”，等于是凶手自己进行排除法，缩小嫌疑人范围。

但御帘野警部却无法响应凶手的期待。

不只是无法面对死者，就连面对凶手都只能怨叹自己不中用，这个案子真是太棒了！身为警察，能碰上这种案子真是死而无憾了！

“……”

嗯。

在心底自怨自艾，自虐到一定境界的同时，御帘野警部打开房门，打算让今日子小姐先出去，但她却在即将走出房门的当口停下脚步，然后出神地抬头仰望着天花板。

天花板就只是天花板而已吧？

死者也不是在正上方的房间里遇害——所剩无几的时间正一分一秒地流逝，现在可不是发呆的时候。

“呃……今日子小姐？”

御帘野警部提心吊胆、语带试探地问道。

“封闭空间，命案，嫌疑人名单，容易下手的，随机杀人，连环杀人，有谁得利。”只听见她喃喃低语，接着转过头面向御帘野警部——今日子小姐不仅没在发呆，反而表情紧绷，对平常总是笑容可掬的今日子小姐来说，态度算是非常罕见的严肃。

“御帘野警部，可以请您立刻限制某位客人的行动吗？”

“咦……限制行动？”

也就是说——她已经从被关在封闭空间的登场人物表里锁定凶手了吗？

都还没踏进现场……不仅如此，甚至尚未走出这个房间。

不过，尽管又刷新了破案速度的纪录，今日子小姐的脸上却没有一丝喜悦的神情，气氛极为凝重。

“已……已经破案了吗？”

“还没有。如果我的推理是正确的——”面对小心翼翼反问的御帘野警部，忘却侦探斩钉截铁地说道，“事情接下来才刚要发生。”

5

杀害独自来到雪山旅行的出云井未知而得利的凶手，是情侣档，是由他们两人联手犯下的命案。

昨晚，情侣档女方来敲死者的房门，谎称有事要找她，请她把门打开——同为女性，也让死者失去了戒心吧。

接着由男方动手杀人。

光听如此叙述，就只是一桩普通的杀人案，没有诡计也没有花招，平凡无奇——然而不平凡之处，在于其动机。

无冤无仇，也不是为了劫财。

御帘野警部着实难以置信他们之所以杀害才刚认识、说是彼此生命中的过客也不为过的死者，竟然是因为这种理由——若不是从本人已然忘却，但是战绩辉煌的今日子小姐口中听到，他说不定只会把那样的真相当成黑色幽默，一笑置之。

多少有点羡慕。

御帘野警部多少有点羡慕只要到了明天，就能将这个令人不忍直视的真相忘得一干二净的今日子小姐——明明是自己推理出来的真相，却不承担其中的哀愁，虽然感觉有些不负责任，但既然这就是忘却侦探的法则，也没什么好说的。

今日子小姐只有今天。

这种事早在委托她以前就已经心知肚明。另一方面，犯下这起命案的那对情侣也只有“今天”。

只有今天。

所以他们才会动手杀人。

他们因此获得的利益是——时间。

“果然还是该思考有谁会因为杀害出云井小姐而得利。早知道就该在提到‘目的是让民宿经营陷入危机’的假设时，进行更深入的思考了。”

今日子小姐如是说。

在她发表推理之前，警方已经遵照她的指示，限制了那对情侣的行动，所以侦探的心情似乎也不再那么紧张，表情恢复了从容。

“换言之，只要假设发生命案之后的展开都在凶手的计划之中，并且正是要借此达成目的，就能看见事情的真相。”

“……可是，那对情侣肯定不是打算要在这座山上盖旅馆吧？”

“当然不是。”

今日子小姐点点头，回答御帘野警部的问题。

“其实可以想得更单纯一些。御帘野警部说得没错，除非是推理小说故事，否则在人迹罕至的封闭空间动手杀人，实在极不合理，但如果这才是凶手的目的，又会是如何呢？在封闭空间里动手杀人，并因此被锁定为嫌疑人，然后……被迫留在案发现场。如果这才是凶手的目的。”今日子小姐说道。

然而，尽管她这么说，御帘野警部一时半会儿还是理解不过来——目的是被迫留在案发现场？

怎么回事？莫名其妙。

老实说就只有这么一点感想。

和推理小说里的那些令人拍案叫绝的名侦探推理相比，真是够现实的。

“所以说，”像是看穿了御帘野警部的失落，今日子小姐继续补充说明，“因为发生命案，势必会延长他们待在民宿里的时间。即使不是推理迷也能想象得到，一旦发生命案，成了封闭空间里的杀人嫌疑人，警方就不会轻易放他们回家。”

“……”

好像有点明白了。

明白了不想明白的事实。

内心的抗拒让御帘野警部又问了一个问题。

“你是说，凶手因为想继续住在民宿里，才制造出命案？”

不知不觉间，御帘野警部的语气变得像是在逼问今日子小姐——不去逼问凶手却逼问侦探，真不知自己是怎么搞的。

“没错，就是那样。”面对御帘野警部的咄咄逼人，今日子小姐一脸云淡风轻地回答，“这么一来，不是很快就能锁定凶手了吗？经营民宿的兄妹当然不用考虑，原本就打算还要在这里待上好几天的老夫妇，也同样可以排除在外。至于那一家四口，原本预定昨天退房离开，已经被迫多留了一天。所以早在命案发生以前，就想回家了。”

因此采用排除法，得到“那对年轻情侣就是凶手”的结论吗？如果要谈想不想回家，他们得知必须被迫留在这里，应该也是非常困扰，甚至还厚着脸皮要求警方代为负担住宿费用。

“那只是在演戏吧。他们应该也不认为警方真的会负担住宿费。我猜那两人只是想利用这种要求，来强调留在这里并非他们的本意。倒是已经自费多住一晚的那家人因为实在压力大，说不定是认真想和警方要点补偿的。”今日子小姐补充。

“或许应该看成是情侣档眼见那家人吵闹，才借题发挥。”

“……想多住一晚，告诉老板不就好了吗？因此杀人未免也太划不来——难道你要说他们是为了再多享受一天滑雪之乐，不惜痛下杀手吗？”

“他们连一天都没有享受到呢。昨天抵达后，天气就变糟了。”

“那……那又是为什么？为什么不惜动手杀人，也要延长停留时间？”

这已经不是一时冲动了。

根本是破绽百出。

御帘野警部已经觉得再也没有比这个更糟的恐怖想法了——

“如果动机是那样还好些……”

然而，今日子小姐却暗示着有更糟糕的可能。

“划不划得来——能与动手杀人的价值相抵的动机，只有一个。至少是在他们两人心里，认为这是唯一能相抵的做法。”

“是……是什么做法？”

虽然不想知道，但是在职业道德的催促下，御帘野警部还是问了。

“能够与人命相抵的，也只有人命了吧——换句话说，能与杀人相抵的东西，基本上就只有杀人了。”

今日子小姐如此断定。

以不容置疑的眼神和不容置疑的口吻。

以足以与其速度匹敌的推理能力——如此说道。

“简而言之，就是为了杀人的杀人。”

为了杀人的杀人。

既不是为了谁，也不是为了什么事。

为了杀人的杀人。

……话说回来，今日子小姐既非万能，也非全能。

虽然她是如此断定，但也不是事无巨细地掌握了事情的全貌，只是先想到最糟糕的情况，提前迅速采取对策而已——所以才会是最快的侦探。

这样的决断当然也会有阴沟里翻船的时候，但是以这次来说，可以算是大大发挥了功效。

毕竟成功防范了“连环杀人”于未然。

就连出现在推理小说里的名侦探，往往也很难办到这一点。不过严格说来，今日子小姐这次拦下的并不是“第二起命案”，而是“情侣殉情”。

阻止了“真凶自杀”——这么说也不尽然。

因为他们的目的打从一开始就是要殉情——不是来滑雪，而是以殉情为目的。

原本应该在前一天的夜里就死去。

据说他们最初是打算在雪山里浪漫相拥到冻死——御帘野警

部虽然无法理解这种死法有什么浪漫的，总之两人似乎已经走上绝路。

可是，现实可一点都不浪漫，山上的天气瞬息万变，到了民宿一看，天气糟到无法下山，当然也无法外出。

正当他们感叹就连想寻死也无法按照计划进行之时，突然灵感一来——要是这间民宿现在发生命案，他们就会回不了家了。

回不了家——就可以不用回家了。

并不是钱的问题……

并不是没钱多住一晚等天气恢复正常，甚至女方其实还是有钱人家的大小姐——但光是明白这一点，就能隐约知晓端倪。

被逼得走投无路，一心想走上绝路。

别说是殉情，就连一同外出旅行也不被允许——之所以无法多住一天，并不是钱的问题，而是家庭的问题。

由此可知，他们必定是瞒着家人出来，要是没有警方的介入，有人来接就只得乖乖回家，没有选择——不，实际上明明还有许多选择，但被逼得走投无路，满脑子只想走上绝路的他们，却什么也看不见。

所以杀了人。

偶然也住进这间民宿，那天才认识互道“初次见面”的无关第三人——只因为最容易下手，所以杀了她。

原本还为这对情侣的未来担心……原本以为只要多少考虑到自己的“明天”的人，都不会选择在封闭空间里杀人，结果都是错误的推论。

别说将来，他们连明天都不放在眼里。

他们只有今天。

所以才会有如扑火的飞蛾，什么事都做得出来。因为他们认为只要能度过今天，此生便可无憾。

然而却被同样只有今天的今日子小姐看穿他们的诡计……这是多么讽刺的展开，又是多么无奈的结局。

利用为了掩饰目的的表演，顺利让御帘野警部把他们留在案发现场，但若是没有为求逼真效果，提出由警方负担住宿费用的要求，今日子小姐就不会出现在这座雪山上。

结果他们不但没能为了殉情多住一晚，接下来还必须依照原定时间退房，当地人也不会知道两人是对苦恋的浪漫情侣，只会记得曾有两个来路不明、形迹可疑的犯罪者——他们的一切行为及算计，都是一场空。

“不管怎么说，做坏事和犯罪都是不合算的。”

“可是即使心地善良，与人为善地过日子，也可能会莫名其妙被殴打致死呀。”

御帘野警部试图以自己能够理解的方式来为这起命案做出结

论，却被今日子小姐赏了一记回马枪。

这位侦探似乎不愿意让听众轻松地消化——她虽然从头到脚都宛如出现在推理小说里的侦探，却由始至终都散发着现实主义者的气息。

“那今日子小姐呢？”

“什么？”

“今日子小姐是为了什么而推理……为了谁当侦探呢？”

正准备下午要去滑雪的今日子小姐露出和煦的笑脸，与推查到案情有异时的严肃表情截然不同，不假思索地回答了这个找碴般的问题：

“推理本来就不是为了什么，至于我为什么当侦探，也不是为了任何人——不过，倒是可以赚到钱。”

这回答与其说是嘲讽，不如说是彻底展露出今日子小姐的现实，而且非常实用。

第二章

掟上今日子的叙述性诡计

1

“叙述性诡计在推理小说多如繁星的诡计里，又是极为特殊的手法。”

针对二二村警部的提问，忘却侦探掟上今日子给了一个这样的回答。虽是在警察局的审讯室里与警官面对面，她却没有半点恐惧的样子。

当然，她并不是以嫌疑人或关系人的身份接受调查，而是作为搜查顾问前来，但因为没借到会议室，只好在审讯室里谈话。然而她那落落大方、不卑不亢的态度，反而令二二村警部有些慌张。

“特殊的手法……是吗？”

“是的。也可以说是推理小说特有的——‘悬疑推理’这个领域自出现以来，历经无数次的变迁，概念遍及连续剧、漫画、卡通片、游戏等表现方式，但是能够使用叙述性诡计的，只有推理小说。”

今日子小姐十分肯定，接着话锋一转。

“换个角度来看，所谓‘推理小说’，全都是叙述性诡计。再说得极端一点，凡是推理小说，都必须用上叙述性诡计。所有推理小说都理当是为叙述性诡计。”

无论是不在场证明、密室、暗号、谁是凶手、手法为何、死前留言、缺失环节、交换杀人、肢解尸体、有谁得利，当推理被写成推理小说的时候，前提都是作为叙述性诡计进行——听到这里，二二村警部不禁正襟危坐。

“就……就像是一切诡计的起源吗？”

“要说是起源嘛，倒也有点太夸张了。”今日子小姐却耸耸肩，感觉好像一拳打在棉花上，“不是那样的。毕竟反过来说，叙述性诡计也只能使用在推理小说之中。”

“什么？”

“我并不是在说‘密室诡计是推理作家妄想下的产物，不可能发生在现实之中’那种一般论，而是无论再怎么疯狂的推理迷，就算分不清现实与推理小说而犯下罪行，也无法在现实世界重现叙述性诡计。因为叙述性诡计并非凶手能够布置的机关，乃是作者才能安排的诡计。所以——”今日子小姐话讲到一半，顿了一下，像是要开导迷途羔羊般，向坐在对面的二二村警部轻声说道，“所以说，‘凶手利用叙述性诡计杀死被害人’这种事情是不可能发生的。”

2

身为一名保护市民安全、维持社会秩序的警案，二二村警部居然从没看过推理小说。提到“名侦探”，他脑海里也只有戴着猎鹿帽、叼着烟斗、穿着圆领短披风的瘦高男人这种古典的刻板印象，也因此，看到通过前辈穿针引线，千辛万苦请到警局来的“破案最快的忘却侦探”那一身极富现代风格的穿着打扮时，不由得大吃一惊。

出现在他眼前的“名侦探”，是一名戴着与全白发色相映生辉的毛帽子，身穿长款牛角扣大衣，把双手藏在毛茸茸的手笼*里面，个头娇小，戴着眼镜的女性。

“初次见面，我是置手纸侦探事务所的所长，掟上今日子。这次承蒙惠顾，不胜感激。无论是什么样的委托内容，我都会在一天内忘掉，所以什么事都可以拿出来讨论。”

说完，名侦探深深地低头行了个礼。即使姿势放这么低，帽子也不会掉下来，大概是用发夹固定住了吧——二二村警部想着无关紧要的事。

不管怎样，那毕竟是她的招牌。

不，不是指帽子……是指记忆重置的事。

只要一睡着，记忆就会重置——无论接受什么样的委托、调查过什么样的案件，都会忘得一干二净——身为侦探，再也没有比她更能遵守保密义务的人，正因为她的这项特质，才能以普通市民的身份，得到来自全国各地身为公家机关的警方希望她协助办案的委托。

---

* 手笼：用于保暖的服饰附件，双端开口，可以把双手放入保暖。通常用皮毛或织物制成。——译者注

“可是这么一来，不就连自己是谁也不知道了吗？”

二二村警部是第一次与今日子小姐共事，于是便直言不讳地对她提出发自内心的疑问。即使面对已经见过第二次、第三次的人——像是与今日子小姐多次共事，还把她介绍给二二村警部的前辈——看到每次再度合作都是“初次见面”的她，会产生这样的疑问也是再自然不过。

“请不用担心，就像这样。”

今日子小姐卷起左手的袖子，只见手臂上用签字笔写着“我是掟上今日子，二十五岁，侦探。记忆每天都会重置”——最基本的个人档案。原来如此，这个似乎就是所谓“掟上今日子的备忘录”。

“所以呢，找我有什么事？”

寒暄与自我介绍都只点到为止，今日子小姐极有效率地切换为工作模式——基于忘却侦探每天都会失去记忆的体质，大概一分一秒都不能浪费吧。

别说是忘却侦探，连侦探这行究竟在做什么都不甚熟悉的二二村警部，本来希望能更慎重地拿捏彼此之间的距离感，但看起来并没有那个时间，于是，二二村警部便将今日子小姐带进审讯室。

“事情发生在某个合宿所*。”

---

* 合宿：指许多人在一段时期内在同一个宿舍里一起生活，进行共同的练习和进修。——译者注

“某个是哪个？”

原先想简单地说明一下，今日子小姐却反问起细节——这大概是她身为侦探的行事作风吧，虽然觉得跟自己的做事方法有些出入，二二村警部还是补充说明：“是一个名为鸟川庄，位于劫罚岛上的合宿所。”

“劫罚岛……听起来还真凶恶，好像是会出现在横沟正史*的小说里的名称呢。相较之下，居然叫鸟川庄……落差也太大了。啊，请继续。”

今日子小姐如此评论道，催着二二村警部继续说下去。只不过——横沟正史是谁啊？有哪个内行人才知道的推理作家叫这个名字吗？

“被害人是利用寒假前往那个落差太大的鸟川庄进行合宿的大学社团成员之一。当时一共有两个来自不同大学的社团住在鸟川庄里……呃，我还是写下来好了。”

感觉今日子小姐似乎想知道得详细些，所以二二村警部很贴心地打算找张纸列出涉及本案的相关人员姓名，名侦探却在他拿出钢笔时开口拦阻：“请等一下，留下书面记录有违忘却侦探的原则。所以，如果您一定要写下来的话，请务必写在这里。”说完，今日

---

* 横沟正史：日本推理作家，以金田一耕助为主角的一系列小说而闻名于世。——译者注

子小姐便挽起右手的袖子，将手臂伸到二二村警部面前——看样子是要他写在手臂上。

如同他这辈子还没看过推理小说，二二村警部这辈子也还没有机会在别人的皮肤上写字，但是既然本人坚持，他也不好推辞——明明是在审讯室这个自己熟悉的地方谈话，不知为何，却感觉完全被对方牵着鼻子走。

掌握主导权也是最快的吗?

不过，考虑到钢笔的笔尖太过尖锐，二二村警部走出审讯室，到办公室拿了自己桌上的签字笔过来。

接着对照手边记事本上的内容，在今日子小姐的手臂写上以下信息。

樫坂大学推理小说研究会

千良拍三（ちら・はくぞう / Chira Hakuzou）

美女木直香（びじょぎ・なおか / Bijyogi Naoka）

夥田芳野（おびただだ・よしの / Obitadata Yoshino）

大隅真実子（おおすみ・まみこ / Oosumi Mamiko）

石林済利（いしばやし・なりとし / Ishibayashi Naritoshi）

寿寿花大学音乐社

雪井美和（ゆきい・みわ / Yukii Miwa）

里中任太郎（さとなか・にんたろう / Satonaka Nintarou）

益原楓（えきはら・かえで / Ekihara Kaede）

殺風景（ころかぜ・けい / Korokaze Kei）

児玉融吉（こだま・ゆうきち / Kodama Yuukichi）

“嗯哼。”

看到二二村警部已经写完，今日子小姐收回伸出的手，翻过手臂确认上面的字句。

“是登场人物表呀。这可是推理小说必备产品呢。”

“是吗？”

对二二村警部而言，就只是相关人士的名单而已。

或许也大同小异吧。

再加上二二村警部就是为了多了解“推理小说”一些，才会请今日子小姐过来的。因为本案的被害人正是推理小说研究会的成员。

“被害人是千良拍三同……先生。”

下意识地险些以“同学”称呼，但想想千良拍三虽然还是学生，却也已经成年了，而且年龄和自己也没差几岁，所以改了口。

“他是社团的社长，这趟旅行也是由他组织的。却在合宿旅行第二天的十二点过后，遭人殴打头部，失去意识。凶器则是台式钢琴。”

“什么？”

又被今日子小姐反问了。

不过，无论是否合乎忘却侦探的作风，正常人都会反问吧——听到这里要是没反问才有问题。虽然这项事实早已众所周知，新闻也闹得沸沸扬扬，但对于记忆每天都会重置的忘却侦探而言，却是最新消息。

“凶器是台式钢琴。”

二二村警部清楚地重复了一遍。

“千良先生先是被人用台式钢琴猛殴脑袋，不支倒地。接着凶手再把钢琴往他身上一扔，压死了他——现场的情况十分诡异。”

尽管明白不该加入自己的意见，二二村警部还是忍不住陈述了个人的感想。但这也是所有侦办人员共同的见解——身体被压在台式钢琴底下的惨状，实在是超乎想象。

“如此听来，莫非是像绿巨人浩克般的大力士抬起台式钢琴，不仅拿着钢琴殴打千良先生的头部，最后还把钢琴往倒地的他身上砸？”

今日子小姐好似自言自语地如此说道，她应该不是认真的——话说回来，这凶器也的确是太不可思议了，让人不得不这么想。

一般人是不会拿台式钢琴来当凶器的。

甚至不会想去抬。

无论使出什么手段，作为凶器都太不合常理了。

“对了，请问那架台式钢琴大概有多重呢？”

“大约三百公斤吧。”

“……也有举重社的朋友住在那个合宿所里吗？”

虽说不知道今日子小姐问这问题到底有多少认真的成分，但二二村警部仍然据实以告。

“并没有，当天住进合宿所的人员，只有推理小说研究会和音乐社这两个社团的人而已。鸟川庄设有录音室，还提供乐器的租借，成为凶器的台式钢琴原本就是合宿所的设备。”

“嗯。这么一来，就产生另一个问题了。音乐社也就罢了，推理小说研究会的成员为何会下榻于鸟川庄呢？”

“虽然入宿者以音乐人居多，但鸟川庄本身倒也不是只对音乐人开放入住的设施……我曾问过推理研究会成员同样的问题，得到的回答是‘我们的活动在哪里都可以进行，所以在什么地方都能办合宿’。”

继续追问“既然在哪里都能进行活动，何必办合宿”感觉不太好。毕竟他们是大学生，出门过夜旅行就像是应尽的义务，可惜却引发了悲剧。

“推理社团举办合宿，结果发生了悲剧——在很久以前的推理小说里，这可是固定桥段呢。”

自称从某个时期开始就无法累积记忆的今日子小姐都说是“很久以前”了，大概是更久以前的事了，但在对推理毫无概念的二二村警部看来，世上居然会有这种社团就已经是文化冲击了。嘴上说着“活动在哪里都可以进行”，但到底是从事什么活动的团体，听他们讲了半天也听不出个所以然。研究会？是在研究什么呢？音乐社虽然同样是与二二村警部无缘的世界，但“致力于提升演奏水平”的社团宗旨至少还容易理解得多。

“在音乐社成员眼中，或许会觉得‘连乐器也不会弹的家伙来音乐人的合宿所干吗’也说不定。”

由于今日子小姐的语气宛如闲话家常，所以二二村警部也不以为意地回以“就是说啊”甚至还点头称是，实在是太轻率了——今日子小姐会这么说，大概是想试探是否有可能从动机来分析吧。

说漏嘴了。

居然在审讯室里说漏嘴，真是个不及格的警部。

于是他打起精神，重新回答：

“两个社团之间的确弥漫着一触即发的气氛，但警方尚未断定这是否为引发这起凶案的背景。即使凶器是键盘乐器，也不能就此分析音乐社有嫌疑，而‘正因为是音乐社，才更不会拿乐器当凶器’

也说得通。”

“也是，想清楚犯案手法，拿钢琴作为凶器的理由就显而易见了。”

这句话同样讲得轻描淡写，使得二二村警部差点又脱口而出“就是说啊”——什么？犯案手法？作为凶器的理由？显而易见？

什么意思？

“呃，我是说，使用台式钢琴作为凶器的理由及其方法。严格说来，理由可能有两种，应该不至于有第三种。只不过……”

今日子小姐一派轻松地说着。那么令人匪夷所思的现场，那么不可思议的凶器，她却完全不在意。

“而这次您找我来，并不是要我解开匪夷所思的犯案手法吧？您在电话里是这么说的——根据我的记忆，您找我来的最主要理由，是要我提供针对‘某种诡计’的解说。”

听忘却侦探谈起记忆的感觉实在诡异，但是听说每天直到重置之前，也就是在一天以内，她的记忆力可是远远超过一般人。既然如此，的确没有“登场人物表”也无所谓。

二二村警部一边这么想着，一边切入主题。

“没错，关于叙述性诡计。”

对于从没接触过推理小说的他而言，这才是主题，而且是最大的难题。

“今日子小姐，所谓的叙述性诡计，到底是什么样的诡计呢？”

3

在案发现场，被害人千良拍三整个身体被压在台式钢琴底下，手中则紧握着自己的手机。

“就是这部手机。”

二二村警部将有问题的手机放在桌上，但今日子小姐并未伸手去拿——即便已知进行过指纹采样，仍不随意徒手接触物证，可见她身为侦探的专业。

当然，二二村警部也戴着可以操作触摸屏的手套——手机也已经预先充好电了。

“画面跟发现时一样吗？”

今日子小姐把脸凑近桌子上的手机，一边目不转睛地端详，一边问道。

“是的，一模一样。就是在这种状态下被握在被害人手中。”

画面中显示着一本书的封面。

XYZ 的悲剧

岸泽定国

这并不是墙纸，是运行中的电子书阅读软件，只要用手指一滑，理应会切换至目录。

“原来如此，电子书呀。看来在不知不觉间已经彻底普及了呢，准确地说，是在我忘记的时候。”

今日子小姐啧啧称奇。

或许不只电子书，就连智能手机本身，对她而言都“很新鲜”。

然而，和二二村警部不同，她知道《XYZ 的悲剧》这本书。

“这可是岸泽定国发表于泡沫经济时代的代表作喔。书名的感觉很像是在恶搞埃勒里·奎因*，但内容却十分充实，上下册加起来超过一千页，要带着走可不是件容易的事。今时今日竟然已经可以下载到手机里，真是好方便的时代啊！”今日子小姐说道，“对了，提到作者岸泽老师，他可是与须永昼兵卫齐名的推理小说界巨擘。在我这个年纪，绝不会有人没看过他们的作品。”

要是放着不管，今日子小姐应该会一直没完没了地讲解下去，当然，就是为了听她讲解，才会请她大驾光临，可是关于这部分的高见，已经听推理小说研究会的成员讲过。听得二二村警部都快会背了。

“这样吗？那我就放心了。原来这部杰作现在也仍旧被人们阅

---

* 埃勒里·奎因是同名推理小说系列中的侦探，同时也是该系列推理小说的作者的笔名。——译者注

读着，而且还得以电子化继续流传，真是太好了。”

今日子小姐兴高采烈地说道。但是听在日前遭到被害人的朋友们诸如“真不敢相信，你居然没看过‘这部杰作’，而且连书名都没听过”之类猛烈炮火洗礼的二二村警部耳中，心情实在复杂——就算她说“在我这个年纪绝不会有人没看过他们的作品”，怎么想也绝对是没看过的人比较多。

埃勒里·奎因？

会叫作奎因……女王？*大概是女作家吧，可是二二村警部也只能联想到这么多。至于须永昼兵卫这位作家的名字，前阵子曾在新闻节目里见过，但就仅止于此，也没能从节目里得知他写过哪些书。

不过，相信研究会的人也不是真心责怪二二村警部的无知，必定是只能采取这种方式来宣泄目睹伙伴遭逢悲剧的心情。

总之，二二村警部试着拉回主题。

“据他们所述，《XYZ 的悲剧》是一本叙述性诡计的杰作。被害人遇袭后刻意让手机屏幕显示出这本书，紧握手中，所以这一定是所谓的死、死、死死……”

“死前留言。”见二二村警部支支吾吾地说不上来，今日子小姐替他把话说完整，“来自死者的留言，一般认为是由伟大的埃

---

* 奎因的英文发音为 Queen，也有“女王”的含义。——译者注

勒里·奎因发明的，也是推理小说的重要主题之一。”

原来埃勒里·奎因很伟大呀？

真不负其“女王”的威名。

至于所谓“死前留言”的定义，二二村警部已经听推理小说研究会的成员讲解过了。

“被害人在临死前所留下用以指认凶手的线索……由于直接写下‘杀我的人是某某某’可能会被凶手发现并处理掉，所以常常故意写成像是暗号般的内容……没错吧？”

“是的。大致上可以这样理解。”

没错。

这种程度的话他明白，这并不难理解。先不管是否真有其事——至少二二村警部至今从未遇到过——但就算有也没什么好奇怪的。作为一种心理状况，被害人想写下对凶手的怨言，仍是符合常理的——临死之前脑子不清楚，写成谜样文章也是同样。

问题是，叙述性诡计是什么？

叙述？

“据研究会成员所述，被害人千良先生是作家岸泽定国的忠实书迷，甚至宣称自己把他所有的作品全都背了下来。在众多作品之中，千良先生又将《XYZ 的悲剧》视为‘叙述性诡计’的代名词，因此紧握着那本书而死，表示使用台式钢琴殴打、压死他的凶行，或许跟叙述性诡计有所关联。”

“研究会的成员这么说的吗？”

“啊——呃，这倒没有。”

这部分是二二村警部自己的推论。所以才会打电话给传说中的“名侦探”，请她来讲解何谓叙述性诡计——只是，看样子似乎是多此一举。

所谓的叙述性诡计，似乎不是二二村警部以为的那样，像是怎么抬起台式钢琴来打人的诡计。而是极为特殊、绝无仅有的诡计。

并非凶手对被害人或侦查人员行使的诡计，而是作者对读者使出的诡计。

只能用在推理小说里，抑或是所有推理小说都会用上的诡计——虽然今日子小姐这么说，但二二村警部还是听得满头雾水。

“……不过，其实今日子小姐已经知道凶手为何要用台式钢琴来作为凶器了吧？”

“先知道的是手法。只要知道手法，自然能推理出原因。”

“那也跟叙述性诡计无关吗？”

二二村警部不屈不挠地坚持己见，今日子小姐却满脸笑容。

“是的，没有关系。”

如此坚决，真是伤脑筋。二二村警部心想。

自己一头热地委托她，不过对于侦探而言，似乎是白跑一趟。

真不知该怎么向她道歉才好。

看样子是非常低级的误会，只要问问同事，或是更认真地听取研究会的成员们讲解就能知道的事情。尽管如此，该说是塞翁失马，焉知非福吗？似乎因此掌握到这起令人匪夷所思的案件的真相了。

“还不能说是真相。就算不乏搞清楚诡计就能锁定凶手的案例，但这次并非如此，因为每个人都能用台式钢琴伤害被害人。”

“每……每个人都办得到吗？”

“是的。即使不是举重社的人，只要有心，就连我也办得到。”

她慢悠悠地说。

今日子小姐也办得到吗？

用她那条顶多只能写下十个名字的细瘦手臂，抬起三百公斤重的台式钢琴吗？

“二二村警部当然也办得到喔。”

“是，是吗……”

那当然，如果连今日子小姐都办得到，二二村警部不可能办不到的——只是就算办得到，要不要这么做又另当别论。是什么样的理由，会让人想用钢琴砸另一个人呢？

“哼哼。因为实在不是什么了不起到值得卖关子的诡计，不如我先来解开这个谜团吧！”

“什么？”

令人震撼的案发现场被今日子小姐评价为“不是什么了不起的诡计”这点固然惊人，但是“先来解开这个谜团”的“先来”更是让二二村警部大吃一惊——意思是说“之后”还要解开什么谜团吗？

死前留言？

推测凶手？

还是——叙述性诡计？

“请放心。置手纸侦探事务所会包办一切——关于套装费用，请容我到最后再跟您说明喽。”

忘却侦探若无其事地暗示将提高收费之后，接下来便切进了主题。

4

“用常识思考，拿钢琴，而且是拿台式钢琴来打人——还要打到人的头——基本上是不可能的。要将重达三百公斤，体积还大到双手无法环抱的物体抬到成人男性头部的高度，若非是举重社的成员，否则绝无可能。”

为何今日子小姐会对举重社如此信赖呢？事实上，连举重社的人也不可能办到吧。台式钢琴可不是杠铃，并没有设计成让人能凭一己之力抬起来的形状。

更别说要抬到头部的高度，就算被害人以外的所有人联手，集合九人之力也办不到吧。

“所以即使从伤口或头盖骨的凹陷状态分析凶器是台式钢琴，一般也不可能推断是抬起钢琴来行凶，应该会解释为凶手抓住被害人的头，用力地往放在地板上的台式钢琴边缘猛撞。但是发现者与现场的鉴定官却不这么想，为什么呢？我想，原因出在被害人被发现时的状态。”

“发现时的状态……什么意思？”

“我的意思是，被压在台式钢琴底下的状态。先不管用了什么方法，凶手的确移动了台式钢琴，不仅如此，还把钢琴砸在倒地的被害人身上。一旦看到这么匪夷所思的现场，就会产生‘凶手是能抬起台式钢琴的大力士’这种印象也说不定。”

今日子小姐扑哧一笑，接了句“抱歉”，或许是自觉用词不太妥当。

的确，虽然不至于想到什么“大力士”，但或许会倾向认为是有人利用某种方法将台式钢琴抬起来。

因此，才会产生“头部伤痕也同样是用台式钢琴砸出来”的假说。然而，并没有人目击案发过程——要是有目击者，当场就能锁定凶手了。

“也就是说，头部伤痕并不是被钢琴砸出来，而是碰撞造成的吗？”

“除此之外没有其他可能吧。”

看她说得这么肯定，的确会觉得再也没有其他可能——太单纯了，单纯到令人感到羞耻。

“应该把‘头部的伤’和‘压在钢琴底下’分开来解释。如此一来，绿巨人浩克就不用背负杀人凶手的污名。”

没有人怀疑绿巨人浩克。

更何况，“就算如此，为了将昏倒的被害人压在台式钢琴‘底下’，还是得把钢琴抬起来不是吗？”

即使集合九人之力也办不到吧。

即使被害人已经倒在地上，但是要压死他，还必须把钢琴整个翻过来。由于台式钢琴下半部是空的，要将钢琴上下颠倒，用那个叫……“钢琴的盖子”的东西吗？总之像是“屋顶”的部分压在被害人身上才行。

当然不这么做也不是不行。

还是有什么非得把钢琴压在被害人身上的理由呢？

理由……

“凶手确实有着非这么做不可的理由。但就算要这么做，也不用因此就把台式钢琴抬起来，毕竟凶器终究是种乐器嘛。”今日子小姐说，“可以拆开的。”

“啊……”

“只要拆解到不能再拆解的地步，再将其上下颠倒，在被害人身上组装起来就行了。这么一来，即使只有一个人，也可以不用抬起钢琴，就把台式钢琴压在被害人身上。”

“……”

可以吗？

虽说比起推理小说还不算陌生，但是二二村警部对于音乐也称不上很有研究，因此从未想过拆开钢琴这件事，不过说得也是，毕竟钢琴不是锯下一整块巨大木材，从中雕刻出形状的。键盘和琴弦，也都是个别的零件。

像模型那样拆开再重组，理论上不是不可能，只是，台式钢琴毕竟不是模型，并不是用塑料制成的。

即使用螺丝刀拆解，也不是一件容易的事吧。像是顶盖部分，要凭一己之力抬起来仍然太重吧？还得倒着组装回去，光是想象该怎么装就觉得比登天还难，再加上进行这项作业时，下面垫着一具凹凸不平的人体……

“很累人吧。不要只想用螺丝刀，把剪钳也拿来用就好啦。”

“剪……剪钳？”

“哎呀，我说‘剪钳’是以组装模型来比喻，在这里应该是指像撬棍或榔头之类的工具吧。反正也不用规规矩矩地组装回原本样子——因为那架台式钢琴已经‘砸在倒地的被害人身上’了，有些破损或毁坏也无妨——不管是琴盖裂开、框架散开都无所谓。无法恢复原状的部分，就四分五裂地放着也没关系，这样还比较有真实感吧，虽说是‘抬起巨大且笨重的钢琴’这样荒唐无稽的真实感。”

若原本放置着台式钢琴的房间就是案发现场，想必隔音效果很好，可以毫无顾忌地费时进行组装作业。

今日子小姐这么一说，让二二村警部惊讶到顿时语塞——当下只觉得连现场照片都还没看过，就能展开这般推理真是令人汗颜。至于案发地点的确是一间密闭的录音室，而压在被害人身上的钢琴也确实并未保持原状。

这个人是千里眼吗？

还是因为她是“名侦探”呢。

只不过，若说她的推理完全没有可以讨论的空间，倒也未必——“是否有人在案发现场实际进行过组装钢琴作业”应是一查便知，但重点在于凶手为何要做这种超乎想象的苦差事。

如果不能就这点来说服他，这些推理就跟“从每个日本国民手中拿到一块钱，就能赚一亿元喔”没什么两样，只是纸上谈兵。

“侦探的推理基本上都是纸上谈兵呢。”今日子小姐看了始终放在桌上的被害人手机一眼，“至于刚才的话则是掟上谈兵……开玩笑的，别担心，我都说我已经知道原因了。就我的记忆所及，我从未说过谎。”

这也只能视为她今天尚未说谎。但是今日子小姐的确说过，只要知道方法，就能知道原因——还说有两个可能的原因。

“这是很单纯的推理小说常见法则——布置成不可能犯罪，是为了让人以为这不可能是犯罪。虽然也有很多案例是由于巧合或失败接二连三地发生而偶然形成的不可能犯罪，但那种推理实在一点都不美。”

那是你个人的喜好问题吧……

不过，二二村警村并未反唇相讥，而是默默倾听名侦探的高见。

“以这次的情况来说，可以想象凶手其实手无缚鸡之力，才会借由布置案发现场，塑造出下手的是‘能抬起台式钢琴的人’，好让警方不会怀疑到自己头上。例如像我这种弱女子的纤纤玉手，别说是台式钢琴了，连电子琴都抬不起来，根本不会有人认为我是凶手吧？”

“原来如此……也就是说，凶手是这两个社团的女社员……慢着——”

话说到一半，想法又变了。

但大前提不是“连强壮的成年男性也无法抬起台式钢琴”吗？这样不光是自己，所有人都会被排除嫌疑。

就摆脱嫌疑而言，倒不算没有成效，而且还想让伙伴们也一起退到嫌疑圈外的用心，甚至是令人佩服……

“不过也可能只是满脑子想着如何让自己摆脱嫌疑，没想太多罢了。只是那天刚好没有举重社的人入住，才会意外让所有人都没了嫌疑，形成不可能犯罪的状况。”

今日子小姐真是有话直说。

“……这、这就是刚才提到的，因为巧合或失败造成的不可能犯罪？”

“毕竟，这可不是推理小说，而是现实呀。”今日子小姐双手一摊，苦笑着推翻自己说过的话，“顺便提一下另一个可能的原因。可能是想让人以为‘凶手是女社员，或是手无缚鸡之力的男社员’。”

“好让自己摆脱嫌疑——是这样吗？”

简言之，是想故布疑阵，让人以为凶手是手无缚鸡之力的人——但若是如此，就表示诡计遭到破解其实是计划的一环，而且仍会遇上同样的问题。

因为谁也无法抬起台式钢琴。

“不管怎样，凶手打的如意算盘落空了。纵使不说是毫无意义，至少没能照着他的计划走。”

“虽然刚才我说没有第三种可能性，但如果彻底追究，其实还有一种可能性。”

说着，今日子小姐竖起一根手指头。

这个人的肢体语言还真多。

莫非是因为曾在国外住过吗？就算有，应该也忘了吧。

“第三个理由……是什么呢？”

“就是‘因为刚好想到就做了’这种可能性。该说是没有什么道理吗？总之理由就是没有理由。”

没有理由，没有道理。

感觉很像是“因为很烦所以就动手了”——是“因为刚好想到拿台式钢琴作为凶器的诡计，就不管三七二十一地动手做做看”这么回事吗？

“就是这么回事。不过请把这个理由视为推理小说的最后撒手锏。”

“咦……可是，现实中其实还挺常见的。像是毫无动机的杀人、目的不明确的犯罪……”

“现实是一回事，我并不是否定心灵有黑暗面，但是确实解释‘为何要采取这么大费周章、莫名其妙的杀人手法’乃是推理小说的精髓，谜底若是‘因为刚好想到就做了’难免会受到抨击，作者会被批评太不用心。”

推理迷的标准还真严格。

或许是察觉到二二村警部有些畏缩，今日子小姐巧妙地转移了话题。

“基于最新的行动经济学，人不见得凡事都会采取合理的行动。”

不知她口中的最新是指多久以前，还是今天早上刚吸收的知识。

“总而言之，凶手基于这其中之一的原因，才选用台式钢琴来犯案。执行方法可能跟我想的不太一样，但应该八九不离十。重点在于这并非不可能的犯罪，而是可能犯罪。”

“这么说倒也没错……只要有一种方法，就有可能办到……”

“所以，让我们干脆放弃从犯案手法来锁定凶手，直接进入死前留言的阶段吧。”

叙述性诡计——是吧。

这时，今日子小姐面露忧郁的神情。

看来比起台式钢琴的诡计，这方面的解释更是难题。

5

“二二村警部，我有个不情之请，可以把您的手套借给我吗？”

“咦？没问题……怎么了吗？”

“我想先满足二二村警部的期待，解释清楚叙述性诡计究竟是什么，但我也想同时利用这段时间，用那部手机来读一读《XYZ的悲剧》。我其实还没看过呢。”今日子小姐说。

她其实还没看过啊。

这个人刚才还那么滔滔不绝地对根本还没看过的书发表高见——不过这是读书人常犯的毛病。另外，毕竟她是忘却侦探，也可能其实曾经看过，只是忘记了而已。

总之，把手套借给她，让她用被害人的手机阅读那本书当然没有任何问题，但即使是对推理小说没什么概念的二二村警部，也能想象“边玩手机边解谜”的“名侦探”应该是前所未见的。

话说回来，忘却侦探会使用今天之前不曾见过——见过也忘了——的最新智能手机吗？就算会用，能够同时深入浅出地说明叙述性诡计为何物，让对此一无所知的自己也听得懂吗？二二村警部在侦讯推理小说研究会成员时已经见识过了，狂热分子对非我族类总是特别严格。

还以为听到外星人讲话。

身为负责侦办此案的警部，实在是够窝囊。

“哇哦！现在的电子书好厉害啊，翻起页来好顺畅喔。画面也很亮，读起来好轻松。时下的年轻人除了这本以外，不知还珍藏了什么书呐？”

“呃，今日子小姐。请你集中精神阅读《XYZ 的悲剧》好吗？”

看样子今日子小姐的适应力极高，对她而言，操作手机根本不是问题，真是万幸。

“还有，也希望你详细说明何谓叙述性诡计。我已经知道凶手并不是用那种诡计抬起钢琴，那么，叙述性诡计到底是什么？”

“我就说啦，是作者对读者布下的机关——或该说是种后设的手法。”

“后设？后设是什么意思？”*

“如果我说了什么您听不懂的话，请您听听就好，不必深究。而且这已经是前一阵子的流行趋势了。就像社会派呀本格系呀，推理小说也经历过各种不同的时代。”

今日子小姐感慨万千地说着以前的事。

虽然不太懂，但既是“社会”又是“本格”，又有“派”还有“系”的，二二村警部原本以为推理小说就只是娱乐，但听起来是个挺复杂的世界。

“话题扯太远，我接下来就只针对叙述性诡计做说明吧。一言以蔽之，叙述性诡计就是‘因为是文章才能成立的诡计’。”

“‘因为是文章才能成立的诡计’……所以才会说叙述性诡计是推理小说特有的诡计吗？”

“是的。无论是连续剧、漫画或卡通片，都不可能使其成立。”

二二村警部心想她会不会说得太过武断，但就当是“听不懂的

* 是英文前缀 meta 的翻译。小说中的后设手法通常是指故事中的作家创造出另一个故事等。——译者注

话”，不去深究，继续听下去。

“当然，这并不表示在创作推理故事时，小说会比其他表现手法更为优越，这反而是因为小说这种表现手法极为原始，才得以保留传统技艺。请容我再重复一遍，只要是推理小说，或多或少都一定要靠叙述性诡计。”

“呃……一定，是吗？”

这会不会也太过武断了？

语气虽然很平静，但这个人说话都蛮武断的。

甚至可以说是独断。

“因为在写作推理小说时，作家会刻意模糊凶手及诡计的存在，让读者无法一看就明白。明明‘写作’这件事，原本应该是要将作者的意图清晰传达给读者的手段。”

“让读者……”

这在推理小说的构造上不是理所当然的吗？不过，或许要反过来看，是由于开创推理类型的前人彻底坚持这种结构，我们才会觉得理所当然。

“没错。不仅如此，有时候目的甚至就是要误导。”

“误导？也就是骗人的意思吗？”

“不，对话以外的部分不能骗人——不可有虚伪记述，乃是推理小说的不成文规定。所以采用的是不说谎也能骗人的手法。”

不说谎也能骗人。

这不是诈骗集团在做的事吗……

“没错。‘我没说谎’是推理作家的惯用句。接下来，我将列举实例来说明。例如这次的案子，您刚才说是发生在劫罚岛的鸟川庄里吧？”

“嗯？是，是这样没错。”

还以为会被骗，二二村警部不禁提高警觉——话说回来，今日子小姐是名侦探，不是诈骗集团，也不是推理作家。

“所以我们认为那个合宿所位于遗世隔绝的孤岛，嫌疑人则局限于两个社团里的成员，但倘若所谓的‘劫罚岛’并不是岛，只是普通的地名，那又如何呢？”

“什么？”

“您想想看，‘广岛’也不是岛啊！同样，劫罚岛也不见得就一定是岛。先让读者以为是一座岛，最后再揭晓其实它位于内陆。这便是叙述性诡计之①‘地点误导’。”今日子小姐说道。

二二村警部再度为之语塞。

只不过，这次并非讶异，而是因觉得“这样也行”而目瞪口呆，这也未免太单纯，或该说是太简单了吧。

“很荒唐吧？”

二二村警部尽量保持不动声色，但今日子小姐还是这么说。

“说穿了，推理小说的诡计其实都是些会让人觉得‘什么吗’的伎俩。因为必须在没有外景、没有演技、没有跨页、没有 CG 技术，也没有背景音乐的情况下与读者一战——可是请想象一下，至今读来始终认定是以无人岛为舞台的小说，在接近尾声时才发现事实并非如此，您的心情如何呢？”

“……”

照她说的想象一下——虽然颇为勉强，不过二二村警部还算能想象那种宛如发现新大陆的心情——也可能会觉得“为何至今都没发觉”。

那大概不同于解开谜团、得知真相之后心情畅快无比的那种常见推理小说读后感，而是正好相反，完全没有解脱的感觉吧。

“如何？会觉得好像瞬间移动了吗？”

今日子小姐的感想更浪漫了些。

“不只是单纯用于误导地点，也可以用于误导情况。‘劫罚岛’看起来是个日本地名，但故事的舞台其实是战场，或者其实是位于可以合法持有枪械的国家——知道这件事的瞬间，世界会整个翻转过来呢。”

“世界会整个翻转过来——”

的确……这的确是只有小说才能带来的体验，或者可以说是阅读体验。

问题是……

“我想你应该很清楚，劫罚岛……真的只是一座岛喔。”

“是的，我知道。”

今日子小姐点了点头，若无其事地接着说：

“接下来是叙述性诡计之②‘时间误导’。二二村警部您刚才说案发时间为合宿第二天的十二点过后，但您并没有明说那是半夜的十二点，还是中午的十二点。若是基于‘耗时费力的犯罪通常都是发生在夜晚’这种先入为主的观念来阅读，就会认定案发时间是半夜的十二点，结果将使得读者对于‘登场人物的不在场证明成立与否’产生误判。”

“……或许我真的没说清楚，只是我觉得这点不用说也知道，千良先生的死亡推定时间的确是半夜的十二点喔。”

“是的，我知道。所以我才说叙述性诡计是只针对读者，让读者无法确切充分认知登场人物面貌的诡计嘛。”忘却侦探补上说明。

“这是利用十二小时制与二十四小时制之间的模糊地带，推移短短半天时间的叙述性诡计，而如果真的要写，还可以更大胆地让人以为是现代剧，结果其实是时代剧，或甚至是未来的科幻世界之类的叙述性诡计，想写也是能够写得出来的。”

“这……这么做有意义吗？”

“读者会大吃一惊。”

她说得简洁又肯定，一副“除此之外还需要什么意义”的样子——慢着，那跟“因为刚好想到就做了”有什么不同？

虽说现实中是挺常见的。

不过现在是在讨论推理小说吧？

“只要不去描写，读者就连书中的街头风景也无法得知——还有一种时间型叙述性诡计，让人以为故事依照顺序发展，其实处处穿插着过去的情节，或是时间顺序其实是交错颠倒等等。当一切真相大白之时，读者会感觉自己刚才读过的小说就像是另一本完全不同的小说。”

“原来如此，但那只是读者的感觉，登场人物应该会发……”

“并不会发现，不只警察没发现，凶手也无感。”

为何要用俳句*形式回答我。

不，与其说是回答我，不如说是在耍弄我。

“要继续讲下去喽。接着请容我以这份登场人物表来进行解说。”

今日子小姐将右手的前臂转向二二村警部，手里仍不停操作着手机，而且正以非比寻常的速度阅读着《XYZ 的悲剧》——最快的侦探不止推理速度快，就连阅读速度也最快吗？

---

* 俳句：日本的一种古典短诗，由首句五音，次句七音，末句五音共十七字音组成，以三句十七音为一首。——译者注

说是超过一千页的大作，但是照她这个速度，或许一下子就看完了。

“叙述性诡计之③‘生死误导’。”

“生死……呃，应该不至于把活人和死人搞错吧？”

“是吗？二二村警部始终只以‘被害人’来称呼这起案件的被害人千良先生，只说他被人用台式钢琴殴打，还被压在钢琴底下而已。那么，说不定其实他还活着？”

“他已经死掉了……”

二二村警部不记得自己刚才是怎么形容的——可是一想到忘却侦探居然还记得，就觉得无地自容——只是人都被钢琴压扁了，怎么可能还活着。

“话是这么说，但只要把他讲得像是已经死了，之后就能使他成为故事里的‘透明人’，扮演暗中作乱的幕后黑手。相反，同样是透过描述，让人以为千良先生还活着，但其实他早就死了。”

“要是小说当然可以爱怎样——”

“没错，爱怎么写就怎么写。”

“……”

“想怎么写都可以。”

二二村警部渐渐明白了。

只是，总有一股不知来自何处的抗拒，令他想不明白。

“若只是故意说些引人误会的话，让读者误判地点或时间倒也还好……但是将已经死掉的人写得好似还活着，把还活着的人写得像是已经死掉了，就算是创作，感觉也玩得太过分了……”

“没错。正因为大家都觉得不该这么做，才刻意为之。”

今日子小姐一脸清秀，却语出惊人。

“尤其那些推理小说家，更是乐此不疲。即使是一具任谁来看都已经回天乏术的尸体，也能将其描写得栩栩如生，正是作家的本事。”

“本事……吗？”

“接着是叙述性诡计之④‘性别误导’。将男性登场人物描写成女性，或是将女性登场人物描写成男性。”

无视已经难掩脸上狐疑之色的二二村警部，今日子小姐继续往下说——只是关于这个“第四点”，就连门外汉也很容易理解。

“以这个案子为例，比如这位推理小说研究会的美女木直香。姓里有个‘女’字，名字又是‘直香’——无论如何都会给人一种她是女生的印象，但原本就是姓的‘美女木’当然不用说，就算叫作‘直香’，也并非不可能是一名男生。”

“将男大学生描写成女大学生有什么意义呢……”

“如此便能进入只有女生才能进去的地方，或是反过来在有女宾止步限制的场所被挡在门外。此外还有各种可能性，总之会对推理时的先决条件造成影响。”

“这……不过，这是专指登场人物并未男扮女装，只是作者刻意写得让读者产生误会的情况吗？”

“是的。不管是男扮女装还是女扮男装，一旦实际乔装打扮，严格说来就不能算是叙述性诡计。在登场人物的眼中，美女木直香就只是一个普通的男大学生。”

“不过这个美女木是女大学生喔！”

而且她还是推理小说研究会的副社长，不管任谁怎么看，美女木直香都是名女生。

不折不扣的女生。

“叙述性诡计之⑤‘人物误导’。算了，就直接拿写在这上面的顺序来举例吧。像是这位推理小说研究会的伙田芳野，光从名字也很难判断此人是男是女。”

“他是男的。”

“哎呀，是吗？嗯，也罢，假设合宿所内有个绰号叫作‘YOSSIE’的人，大家在阅读的时候，自然都会以为是指这位‘芳野’吧？”

“也是……因为也没有其他的‘YOSSIE’。”

为求慎重，再度检视写在今日子小姐手臂上的所有名字之后，二二村警部如此附议。

“骗到你了吧！如果是音乐社的儿玉融吉呢？‘融吉’的‘吉’

有两种发音，也能延伸成为‘YOSSIE’这个绰号，这样又如何呢？”*

“又……又如何……”

“一直以为是‘伙田芳野’的‘YOSSIE’其实是另一个人，这下子就得把人物评价、人际关系，还有不在场证明都重新确认一遍了呢。”

“呃，可是，无论是伙田芳雄还是儿玉融吉，都没人叫他们‘YOSSIE’……”

而且在彼此认识的人际圈里，应该不会因为绰号认错人，只有外面的人才会搞错。

“是的。也就是说，只有读者会搞错。”

“……”

“顺带一提，不止绰号，也有利用本名来误导读者的模式。刻意将同姓或同名的人物混在一起描写。”

“在同一本小说里出现同姓或同名的登场人物会很混乱吧。”

“就是为了制造混乱才这样写啊！如果是一家人，更是理所当然有着同样的姓氏。”

通常是要能写到让读者很清楚谁是谁，才是作家的本事吧——但是推理作家似乎正好相反。

---

* “芳野”和“吉”的罗马音分别写作“YOSINO”及“YOSI”，都和“YOSSIE”这个读音比较相近。——译者注

写不清楚谁是谁。

“叙述性诡计之⑥‘年龄误导’。让人以为是大人，其实是婴儿；让人以为是小孩，其实是老人；让人以为是老人，其实是小孩。因为投宿合宿所的都是大学生，读者便会先入为主地认为所有人的年纪应该都在二十岁上下，然而或许大隅真实子其实是在退休后，想再度进修才来考大学，现年六十六岁的大一新生，或是跳级入学的十岁天才儿童也说不定。”

跳级制度在日本还不普及——二二村警部正想反驳，随即又想到在叙述性诡计的世界里，没人能保证樫坂大学是日本的大学。原来如此，根据叙述性诡计之①“地点误导”，或许是同为汉字圈，具有跳级制度的国外大学——不不不，不是这样的。

现实世界的樫坂大学*是日本的大学，而且大隅真实子也只重考过一次，是个十九岁的少女。

既不是老人，也不是小孩。

“可是，如果大隅真实子‘其实是小孩’，就能钻进大人钻不进去的排风管；如果她‘其实是老人’，就能知道过去的真相。”

什么是过去的真相?

她举的例子都好粗糙。

不过，如果是“性别误导”，还可以通过装扮在现实生活里实

* 樫坂大学是作者虚构的大学，现实世界中并不存在。——译者注

现，但“年龄误导”再怎么说都只有小说才能成立——若不是只用文字来表现，是不可能把老人和小孩搞错的。若是用图像表现，更是只要一看就能分辨。

和百闻不如一见相反，用百闻来误导一见。

“就是说呀。假如用‘满头白发，戴着眼镜，个头娇小的女性’来形容我的模样，就能诱导读者认为掟上今日子是个老太婆。”

“这样诱导有什么好处？”

“老太婆侦探不是很迷人吗——这不重要，接下来是叙述性诡计之⑦。”

“……呃，请问那个‘之几’一共有多少？”

“若是想要举例，可以举出无数个例子，但是网罗所有叙述性诡计也没有意义，再加上时间有限，配合篇幅就在 ⑭ 打住吧。”

“⑭ 吗……”

比想象中的多，但是又比他害怕的要少。

也不知道今日子小姐这是在配合什么篇幅。

“叙述性诡计之⑦‘人类误导’。”

“‘人类误导’……这刚才不是已经说过了吗？”

“刚才说的是‘人物误导’，指的是让读者认错人的手法，但‘人类误导’则是让读者误以为是人或非人的叙述性诡计。”

“非人？你的意思是说，像动物或机器人吗？”

“是的。亦即‘其实是动物’或‘其实是机器人’的叙述性诡计，也有倒过来‘其实是人类’的模式。”

就算她这么说，二二村警部一时半会儿也理解不过来。

也幸好理解不过来，因此感受不到有多诡异。

“就像《我是猫》吗？我记得那部小说是以猫为第一人称叙事……”

“如果一开始隐藏了自己是‘猫’这件事，就再也没有比那部小说更完美的叙述性诡计了——当然，要是去挑剔‘猫其实不可能想到那么复杂的事’，就太不解风情了呢。”

这也是只有小说才办得到的事吗？

要是能看到猫的模样，转瞬间就会觉得很假。

“有很多卡通片里的汽车或火车都会说话，倘若只用文字来表现，不描述外观或形状，或许就会让读者以为是两个人类在对话，不是吗？”

“不描述外观形状吗？可是，若挑剔起汽车或火车怎么会说话，应该就不算是不解风情了吧？”

“汽车导航就会说话呀。”

“也是……原来如此。”

“将物品塑造成沉默寡言的角色，也不失为一种方法。往这个方向去，也有只利用叙述，让读者误以为人偶或毛绒玩具是人类的做法。”

不提毛绒玩具，人偶顾名思义有着人类的外形，要写得模棱两可，想必会更容易吧。

写作追求模棱两可倒也挺奇怪的。

“那么让故事里出现鹦鹉及九官鸟，再安排它们讲人话也行吗？”

“也行呀。”

只是随口说说居然也行，真是无语。

“比如推理小说研究会的石林济利，虽然有名有姓，被提及时似乎也完全与人类无异，但或许其实是大隅从家里带来的猫。”

“……有人会给宠物取全名吗？”

“反正又不用报户口，取什么名字是个人自由吧。”

“……”

总觉得充满了突破次元壁的感觉。

“如果是猫，就能钻进排风管里抄近路了。”

“你从刚才就一直在强调排风管，但现场的录音室里并没有排风管喔。”

“换成二二村警部刚才强推的鹦鹉，就能建立飞进案发现场的假说。”

没有强推。

都说了，只是随口说说。

“或是利用在大学研发出来的机器人——既然是机器人，就能用机械手臂抬起台式钢琴吧。”

“这部分的推理不是已经有结论了吗……”

猫还说得过去，机器人未免也太扯了。

不，或许是利用叙述性诡计写成的现代风科幻未来世界吧。

虚实之间的界线愈来愈模糊。

“机器人是太夸张了些，但是安装在这类数码产品里的软件，不是也会有与人对话的功能吗？登场人物之一的石林济利，其实是一台智能手机——怎么样？”

“石林是人。既不是动物，也不是机器人。我们见过面、讲过话。”

“我想也是。”

今日子小姐说着，同时读着绝非人类的手机在液晶画面里显示的小说内容——难不成那个不上不下的⑭，是从阅读进度估算出的数字吗。

“配合篇幅”是从这里来的吗。

“叙述性诡计之⑧‘人格误导’。”

“人格？呃，既非人类误导，也非人物误导，而是人格误导吗。”

“或许并在一起说明会比较容易理解，但都已经挤牙膏式地讲到这儿，就还请多多包涵。接下来轮到音乐社的成员了，雪井美和小姐。”

“是，她是音乐社的社长。”

“大家都以为如此，但雪井美和小姐其实有五重人格，音乐社的成员全都是她的副人格。”

从今日子小姐口中说出来，就仿佛是由推理导出的惊人真相。

五重人格?

咦?所谓人格误导是这个意思吗?

“是的。即使早已被医学界否定，推理小说界依旧当多重人格是存在的……”

就算跟二二村警部说“依旧当是存在的”“大家都是照这样来”，他也不知该说些什么……

“被医学界否定”就是不存在吧。

拿出推理小说界的看法和医学界的见解相提并论，也还是不存在。

“顺带一提，关于多重人格……”

“不用，我知道多重人格是什么，请不用像是对多重人格有什么独到见解似的跳出来。呃……也就是说，因为是副人格犯下的罪行，本人并不知情，或者是描写得煞有其事，但其实是假想人格，所以根本没有那个人。是这样的诡计吗?”

“是的。这么一来，不只音乐社的成员，就连推理小说研究会的成员也可能只是雪井小姐的副人格。”

“不可能。所有人都是独立的人物、独立的人类、独立的人格。”

“当然当然，那么叙述性诡计之⑨‘叙事者误导’。之前提到‘对话以外的部分不得有虚伪记述’是推理小说的不成文规定，但是在第一人称叙述的推理小说里，便可以视为例外。也就是在‘叙事者本身有所误会’的情况下，就结果而言，纵使是谎话连篇，也还在容许范围内。”

“叙事者……就像《我是猫》里的那只猫吗？”

“是的。‘对话以外无虚言’的规定反过来，也可以解释为在对话里说谎就没关系——若是登场人物的台词，其中有些误会也没关系——到这里可以明白吗？”

怎么可能没关系？但是还算可以接受。毕竟人是很容易误会的生物。

“因此，只要用一个人的台词来贯穿整本小说，不管有多少虚言都能被接受。万一发生在合宿所中的惨案是由里中任太郎以第一人称描述的悲剧，我们很可能会把他的主观认定或断章取义，乃至于偏见全部当成现实，照单全收。”

当然了，二二村警部是取得被害人以外所有人的证词，交叉比对每个人讲的话再对照现场搜证结果，整理出客观的陈述——并未偏重任何一个人的证词。

再说，什么叙事者的……

里中任太郎或许是主唱，但可不是说书的。

“只要推说是误会，就能将谎话说到底的话……感觉那个不成文规定还意外地宽松呢……”

“这还算是严谨的了。要是推理小说以外的小说，即使是第三人称，也经常在对话以外的部分谎话连篇呢。如果是以我作为第一人称叙事者的推理小说，应该会用‘我忘了’贯穿大部分的场面吧。”今日子小姐补上这一句。

这样的小说能看吗？

“叙述性诡计之⑩‘作中作误导’。终于来到第十点了！”

二二村警部看今日子小姐神采奕奕，似乎要为自己加油打气，但居然讲到两位数实在令人打不起精神来，更何况她还是边盯着手机边说。

“作中作……是什么意思？”

生平第一次听到这个字眼。

语感蛮特别的。

“也就是截至目前的事件发展，其实都是其中一个登场人物写的小说——这般叙述性诡计。换句话说，因为是作品中的虚构人物写的小说，即使恣意撒谎、前后矛盾，通篇自圆其说的糊弄也无所谓。”

什么也无所谓……这样也无所谓？

不过倒是明白“作中作”的意思了。

就像影像作品中偶尔会出现，进入标题画面之前的剧情是剧中人物去出外景，或者根本是主角做的梦之类吧。

“不过如果是做梦，又有点太过头了。毕竟推理小说界同样也禁止以做梦收场。”

过与不及的界线到底在哪里……

“以做梦收场虽不常见，但作中作不只会借由小说的形式，也会以手札、日记、案件记录的形式出现。这点与叙述性诡计之⑨‘叙事者误导’是相通的，因为是个人的记录，真实性总是令人存疑。除此之外，一旦由自己执笔撰写，就难免会有美化自己的倾向。”

这倒是不限于叙述性诡计，现实中也是如此。听说在解读史书之时，就是考虑到这点，所以必须兼顾记述者的立场与角度来进行。

历史是赢家写下的，或许这才是叙述性诡计的极致。

“换句话说，假设这次的案子其实是由音乐社的益原枫撰写的音乐剧剧本，会怎么样呢？”

不会怎么样。

况且音乐社要写什么音乐剧剧本？

“啊哈哈。但如果是推理小说研究会成员写的推理小说就太常见了呀。接下来是叙述性诡计之⑪。”

二二村警部对叙述性诡计是什么东西愈来愈有概念了，然而也因为愈来愈有概念，心情反而愈发沉重。

自己现在到底在干什么。

“叙述性诡计之⑪‘在不在误导’。”

“是指明明在现场，却让人以为不在场；明明不在场，却让人以为在现场吗？”

“哎呀，二二村警部已经能举一反三了。可是，说话不经大脑的话，可能会中了我安排的叙述性诡计喔！”

“我中计了吗？”

“没中计，您说得对，一百分。让读者以为人物聚在密室里对话，但实际上其中一个人并不在场，是通过电话——在电话的那头说话，可是没有写出来，至于通话对象，就在那个密室里。房间里的人物们都很清楚，只有读者被隔绝在叙述性诡计的面纱之外。”

“隔绝在叙述性诡计的面纱之外”听起来很酷，但是在只有文字提示的小说里，把在场的人写成不在场，把不在场的人写成在场，只会让人觉得很卑鄙——就像告诉读者“虽然一直没跟你说，但其实打从一开始就有个不爱讲话的人坐在你旁边”，读者真的能接受吗？

“没错，不过用上‘卑鄙’两字就像是在说人坏话，所以像这种情况，我们会用‘不公平’这个词汇来表达。”

不公平。

这个听起来也很酷。

像是什么电影的名称。

“没错。如果只是不公平，还在可以容许的范围内。若是以这次的案子为例，虽然之前都没交代，但是音乐社的杀风景这位同学由于身体不舒服，其实是以视频会议的方式参加演奏呢？”

“并不是！”

“我想也是。”

如果用这部手机的相机，感觉就可以进行视频会议了呢！今日子小姐将液晶屏幕转向二二村警部。

42×17 标准字体的画面里呈现出《XYZ 的悲剧》的内文——在开始解释叙述性诡计以前稍微瞄到过，但身处这个距离，只光看其中一页也完全看不懂在写什么，不过现在至少知道今日子小姐已经看完百分之八十了，因为画面下方显示着进度。

叙述性诡计的讲座也只剩下三章，步调完全一致。

这个人的脑子究竟是什么结构。

“要是有人以视频会议的方式参加，我一定会跟你说。”

“也是。二二村警部是很公平、很值得信赖的叙事者。那么，叙述性诡计之⑫‘外围误导’。”

“嗯？”

叙述性诡计之⑪“在不在误导”从字面上很容易想象是什么意思，但“外围”是什么意思？

外面？外部？

二二村警部歪着脖子满脸疑惑。

“这与其说是推理小说用语，不如说是出版用语呢。”今日子小姐边看小说边说，“‘外围’指的是书的封面及封底、护封或腰封——喔，不过电子书或许有别的说法。”

原来如此，原来是指书籍的“外围”啊。

大概是因为把护封或腰封“围”在书本的“外侧”才这么说吧。

然而，小说应该是写在内页——即书的内侧，纵然推理作家使出浑身解数，也无法对外围出手吧？

“这样不行喔！人太好会正中那群人的下怀喔！”

那群人是谁？

今日子小姐竟然把推理作家讲得像诈骗集团似的，或许是因为《XYZ 的悲剧》正进入最后高潮吧，令她情绪高涨。

“请容我拿刚才提到过的书来举例，例如夏目漱石大师的《我是猫》，要是封面上印着这样的书名，却在最后揭晓叙事者的‘我’并不是猫，岂不是惊天动地吗？”

今日子小姐为了说明叙述性诡计，终于不惜篡改大师的名作——的确，确实是会惊天动地。

虽然第一行仍写着：“我是猫。”……不过这可用叙述性诡计之⑨“叙事者误导”来开脱。

配合叙述性诡计之⑦“人类误导”来思考……假如那只“还没有名字的猫”是一个以为自己是只猫的人类呢？

“这么一来……就成了超惊悚的私小说*。”

“就私小说而言固然超惊悚，但是就推理小说而言，却会是很优秀的杰作喔。夏目大师就差那么一步，真是太可惜了。”

“请不要借此贬低夏目漱石……我明白了，这也是在某种意义上要钻‘对话以外无虚言’这个不成文规定漏洞的吧？没有规定不能在印在封面上的书名动手脚。”

“没错。”

今日子小姐满意地点点头。

“就这点来说，在腰封的宣传文案、封底的故事大纲都可以想怎么写就怎么写，可说是完全‘三不管’地带。就算所言不虚，也可以让读者产生先入为主的印象。假设本案的书名是‘儿玉融吉的犯罪’，读者在阅读时，肯定会以‘凶手就是名叫儿玉融吉的音乐社成员’为前提吧。但事实上，他犯的罪并不是杀人，而是包庇真凶的藏匿罪！”

---

* 私小说是二十世纪日本文学的一种特有体裁，取材于作者自身经验，通常以第一人称的手法叙述故事。——译者注

“……事实上并没有什么书名。贴在搜查本部门口的纸上写的也是‘劫罚岛台式钢琴命案’。”

“故事大纲或腰封上虽然写着‘他为何会动手杀人呢’，但这里的‘他’其实并不是指儿玉，而是儿玉的好朋友石林，他才是真凶。”

谁才是真凶还未知，也没有任何证据显示就读于不同大学，偶然住进同一间合宿所的儿玉融吉和石林济利是好朋友——以相关人等来举例说明理论，确实比较容易理解，但感觉却也让实际案情愈来愈纠结。

在讲解完之后，她真的会好好解开这团乱麻吗？

“假如为推理小说取了个‘掟上今日子的叙述性诡计’的名字，任谁都会以为内容和叙述性诡计有关，但直到最后却竟然完全没提及，也是一种出人意表的手法。”

“明明强调叙述性诡计，却不使用叙述性诡计吗？这还真新奇啊。”

“不不不，这是很常见的手法，说是极为古典也不为过。”

“不管怎样，一般人做梦也想不到会被书名、腰封或故事大纲所骗……呃，啊！拜托你千万不要真的写成事件簿留下来呀！这可是我们警方委托你协助调查的前提。”

“我知道。您大可白纸黑字地写在对话以外——接下来是各位期待已久的叙述性诡计之⑬。”

并没有特别期待。

“叙述性诡计之⑬‘人数误导’。”

“……两个社团的成员都用完了，你打算怎么举例呢？”

二二村警部看着今日子小姐右手臂的“登场人物表”问道。

“啊，不要紧的。因为‘人数误导’是指‘凶手不在这群人之中’的情况。也可以说是叙述性诡计之⑪‘在不在误导’的姊妹版。举例来说，虽然没写进我手上的登场人物表，但是在可作为录音室使用的合宿所里，就算有个管理员也不奇怪吧？”

“……”

“或是有位煮饭给客人吃的厨师、住在合宿所里的警卫、劫罚岛与本岛间接驳船的船员——并没有法律规定要把所有登场人物都写进登场人物表，也没有规定凶手不能是没写在登场人物表上的人物。”

的确，若要详细描写每个登场过的人物，会让故事停滞不前，既然是篇幅有限的“小说”，就会有些登场人物被省略吧。

凶手就在被省略的登场人物之中——她是这个意思吗？

“……不是用书封或腰封，而是用登场人物表来蒙骗读者吗？”

“这么一来可能会有不公平之嫌，所以干脆一开始就别把登场人物表放上——一旦进入解决篇，再让根本没人注意到其存在的管理员亮相，写些‘咦？你以为没有管理员吗’‘考虑一般常识，肯定会有管理员呀！怎么可能没有呢’‘这种事不用说也该知道’的记述就行了。”

不行吧，这样写可是会引起暴动的。

不过，倒是能明白她的言下之意，就像列出公交车靠站时有几个人上下车，要玩家计算车上有多少人的游戏吧，而且是故意让人忘了要把司机也算进去的那种。

“总之，不得不说，鸟川庄的管理员和工作人员也很可疑呢。”

“你是在开玩笑吧？”

“当然，我就是在开玩笑。真有管理员之类的，二二村警部没理由不告诉我。”

考虑一般常识——今日子小姐讲来毫无愧色。

没错。

鸟川庄是有管理员和厨师等工作人员没错，但他们都是通勤族，入夜前就全离开岛上了，也没有住在合宿所的警卫。

从案发时间与状况来看，大概还是推测凶手就在今日子小姐手臂上的“登场人物表”之中，应该较为妥当。

“呵呵呵。又是‘大概’又是‘应该’的，讲得这么暧昧会让人以为是不是要用什么叙述性诡计喔。”

“……最后一个是什么？令人期待的叙述性诡计之⑭。”

二二村警部语带嘲讽地说。

“让您久候多时却得辜负您的期待，真是有点不好意思说出口，叙述性诡计之⑭是‘其他的误导’。”

嘲讽对她起不了作用。今日子小姐淡定以对。

“咦？其他？就这样？”

“就这样——用于罕见的或是无法分类的情况，不属于①到⑬的叙述性诡计。”

是喔……二二村警部也只能点头。①到⑬已经分得很细了，若说还有什么情况不属于其中的任何一种，他实在想象不出来。

推理作家的想象力难道是无极限的吗？

“不，呃，说实话来到叙述性诡计之⑭，因为实在太过于标新立异，在谈公平不公平之前就有问题，但就算这样，有时也会以‘引起争议的话题之作’的形式，获得推理圈的瞩目或评价。”

“到底是大度还是小心眼啊……真是谜团重重的世界……”

“毕竟是推理小说嘛。”

“呃，这么说来，果然还是要举例比较容易理解……这次的案子假设正是那‘第⑭’的情况，可以是什么样的叙述性诡计呢？”

“我是侦探，不是推理作家，所以想象力有限……”

今日子小姐顿时面露思索，接着像是读稿似的说道：

“劫罚岛其实是通往魔界的入口，下榻于鸟川庄的客人全都是魔法师，在解决篇里终于揭晓真相，是其中一人用魔法让台式钢琴飘起来的。作者的说辞是‘我又没说这里不是魔界，也没说他们不是魔法师’。”

这倒是。但是在谈叙述性诡计怎样之前，应该先讨论推理小说可以这样吗——话题之作。

引爆的应该不只是话题。

“将案发现场设定为魔界，换个角度想也可以视为是叙述性诡计之①‘地点误导’……呃，也就是加入奇幻要素的叙述性诡计吗？”

“这只是一个例子。说得随便一点，看完后会觉得‘这算什么叙述性诡计啦’的叙述性诡计，基本上都可以视为是⑭。”

其中也有令人惊艳的作品，但往往又太独树一帜，难以分类呢。今日子小姐做出结论，停下一直在液晶屏幕上滑动的手指头，将千良拍三的手机放回桌上，说了声“谢谢”。

零误差。

叙述性诡计讲座似乎和阅读《XYZ 的悲剧》得以同时结束。

不知是因为解决了“让外行人也能理解叙述性诡计”这个难题，还是因为以这种飞快速度看完超过一千页的巨著，今日子小姐像是完成一项大业似的，缓了口气。

“话说回来，今日子小姐。在《XYZ 的悲剧》里，使用了①到⑭的任何一个叙述性诡计吗？”

“是把①到⑬结合运用呢，可说就因此成了⑭。真不愧是号称叙述性诡计金字塔的名著，太了不起了。令我佩服得五体投地，后悔自己过去竟然没有看过，真是美好的阅读体验。一想到明天就会忘记，甚至有些舍不得了。难怪被害人会熟读到背下来。”

今日子小姐说道。看她似乎是打从心里这么认为，不是为了给死者面子才这么说。

将①到⑬一网打尽的⑭，听在二二村警部耳中，只觉得会是一本诈骗技巧大全集，看完之后大概会不敢再相信人类吧。特地为了被骗而去看书，推理小说的读者真是一群奇怪的人。

“一群奇怪的人，说得真好。对我们而言，这可是最高的赞美词呢。对了，二二村警部。”今日子小姐端正姿势坐好，“如果我忘却侦探没记错，我们应该还得推理被害人为何会在临死之际紧握这部手机，画面会显示着这本全是叙述性诡计的推理小说之谜吧？”

6

“我想已经不需要一再强调，如您所知，叙述性诡计无法运用在现实之中，因为那跟密室或不在场证明完全不一样。再怎么无法区别现实与妄想，再怎么受到推理小说的影响，在结构上都是不可能的，因此，就算被害人临死前紧握手机，尽管手机画面上显示着叙述性诡计名著的电子版，也不代表凶手使用叙述性诡计行凶。”

不用再三再四地强调了。

二二村警部已经老实承认这是场外行人的误会——当然，没能说明清楚的推理小说研究会成员也得负上一部分责任——但是这也使千良拍三为何握着手机而死一事更加成谜。

“有十四个可能性。”

“又、又要发表到⑭了吗？”

二二村警部心惊胆战。

“戏弄您真的很有成就感耶，二二村警部。”

今日子小姐笑到抖肩。

“其实只有三个。”

“干吗说这种谎……而且还不是叙述性诡计，就只是撒谎。”

这是今天的第一个谎言吗——他可不这么认为。

也不认为在对话里头就可以说谎。

“可能性之①，临死之前，想再看一遍心爱的推理小说。可能性之②，不只是书里的诡计，整本小说的内容都是指出凶手的线索。可能性之③，凶手是《XYZ 的悲剧》的作者岸泽定国。”

这次竟然一次列举出了所有可能性。

也因此二二村警部没能及时反应过来，但可能性之③简直是胡说八道，居然说岸泽定国是凶手？

“毕竟他是能让许多读者如坠雾里中的推理大师呀。台式钢琴杀人诡计这种雕虫小技，想必对他而言只是小菜一碟吧。”

“……戏弄我真的这么有成就感吗？”

“讨厌，不要生气嘛。我当然不是认真的。不过，毕竟是死前留言，所以并不能排除千良先生错认杀害自己的凶手，因此我也不完全是随随便便举一个名字。”

“你是说，千良先生以为自己是被岸泽定国杀掉的吗？”

“没人知道人在临死之际，一片混乱的脑子里在想些什么。横竖都要死，希望死于自己敬爱的推理作家之手，希望成为他的众多作品之一，就算这么想也不奇怪。”

不奇怪吗？

二二村警部很明白，在人杀人这种不寻常的情况下，人们会采取多么不合理又莫名其妙的行动——虽然他不懂推理小说，却熟知命案现场。

“被杀的时候，希望能死于完美的犯罪。这可是推理迷最常挂在嘴边的话呢。虽然老实说，他们不见得是认真的。”

“我懂你的意思。很抱歉。”

“别这么说，因为我也真的是在戏弄您。”

还真的是这样咧。

“……只是，以可能性之③来说，这样的信息太没有意义了。

实在令人难以当真，只能当成是陷入失去理智的状态时写下的遗言。”

那么就得来验证可能性之①和可能性之②——①是被今日子小姐最先提出来的，或许是认为①是最有可能的吧。

“没错。确信自己已死到临头，想再阅读一遍喜欢的推理小说，作为最后一根烟，不，是最后一个谜，是最有可能的情况。”

也对，这种心情不像“希望被喜欢的推理作家杀死”那么疯狂，即使不是推理迷的二二村警部，也还勉强可以理解。

“只不过——”今日子小姐接着说，“听说千良先生已经把那本《XYZ 的悲剧》全部背下来了，既然如此，根本没必要特地把那本书找出来看，只要在脑海中回想就行了。”

“……嗯，但那只是他自称，没人知道他是否真的全部背下来了。”

“是呀，说得也是。即便是对一天以内的记性很有自信的我，也很难把整本书背下来……纵然如此，仍然很难理解为什么会想在临死前把已经看过的书再看一遍。真要说的话，无论如何都想知道结局，而把目前正看到一半的书点开来看还比较说得过去吧。身为推理小说研究会的一员，绝不可能没有正看到一半的书。”今日子小姐如是说。

“呃，可不可能先搁到一边，而且命在旦夕之际，那本书能不能刚好在手边也是个问……”

话说到一半，二二村警部就意会过来了。

不，如果是没有实体的电子书，肯定能在手机里存上一大堆——就像整天扛着书架走来走去。若是如此，只要把那本看一半的书点出来就好了。

做的事是一样的。

“刚才我做了一件侦探会做的事，很失礼地偷偷看了这部手机里的书库，里头的确有看到一半的书，似乎是上个月才上架的最新作品。不点开那本书，却点开已经读到滚瓜烂熟的《XYZ 的悲剧》，或许真的应该视其有特别的用意。”

她还偷看书库啊，刚才明明委婉地制止过她。不过，既然是能够严格遵守保密义务的侦探，就算擅自调查作为物证的手机，应该没什么不妥。

“可是，会不会是他不太喜欢那本看到一半的书呢？比起结局还是未知数的书，更希望在人生最后一刻看的书，是已知真的很有趣的书……”

“当然，这也不是不可能，或该说这么想反而更自然。只是画面里显示的是《XYZ 的悲剧》的‘封面’这件事，让我很在意。”

那就表示千良先生死前根本没看呀。

今日子小姐这么一说，二二村警部才总算想到这点。有道理，如果真的是“想在人生最后一刻看这本书”，更应该点开翻到内文才对。

当然，或许是在那之前就已经力竭难支……然而，还是有检视其他可能性的空间。

“这就是可能性之②了。即使与叙述性诡计无关，要是作品之中其实有着足以指出凶手的线索呢？”

“如果有的话，会怎么样？”

“就只能举双手投降了。”

今日子小姐当真举起双手，摆出“投降”的手势。此时，二二村警部才发现她还戴着手套。

“这可是一本分成上下册，总计超过上千页的书喔。制作成电子书时更是多达一千五百页。在没有其他线索的情况下，要从这本书里锁定与凶手有关的线索，难度未免也太高了，至少不可能在一天内搞定。”今日子小姐说得笃定。最快的侦探都这么说了，大概真的办不到吧。

的确听说她是一个做出判断极为精准严苛的人。办不到的事就说办不到，总是一口拒绝。

“虽然读之前就知道这本书不光页数很多，就连登场人物也多得吓人。确认后也发现其中并非没有名字与本案关系人类似的人物，但毕竟书里有一百甚至两百个名字的话，肯定会有几个重复的。”

二二村警部只看了电子书封面所以没什么概念，但看样子是本非常了不得的小说——虽然从未看过实体书，但就算在书店看到这么厚的书，他也不觉得自己会买来看。

“这么说，被害人紧握着手机的意义不管是可能性之①，还是可能性之②，就算是可能性之③，侦查也不会因此有所进展吗？”

“是的。而且这三个还都是‘手机屏幕上显示《XYZ 的悲剧》是有意义的’情况下的可能性，身为侦探，不得不思考更遗憾的可能性。”

“咦？遗憾是指？”

“是‘例外’的可能性——不过老实说，我认为可能性是零——也就是被害人只是按错，所以把《XYZ 的悲剧》点出来的可能性。”

二二村警部恍然大悟——只是按错。

是呀，智能手机的确容易按错。

平常只是指尖稍微碰到一下，就会不小心启动应用程序或不小心输入文字，更别说是在濒死的状态下。

“现在的手机已经进步到与我记忆中的形态相差十万八千里，让人有恍如隔世的感觉，但无论功能再怎么增加，说穿了还是电话。拿出手机，一般不都是用来打电话、向某人求助的吗？”

一般——

再也没有比这个更一般的用法了。

要在凶手也在场的情况下，瞒着对方打电话、传电子邮件，想必并不是件容易的事，当然也有可能是心想反正要死了，求救也没用……

“警方当然已经仔细彻查过手机的通话记录了，并没有发现被害人在死亡推定时间前后打电话或传电子邮件给谁的迹象。今日子小姐认为千良先生是想点开拨号或发邮件界面，结果不小心打开电子书吗？”

“我不认为，那也是种‘遗憾的可能性’，是概率的问题。如果要深究遗憾的可能性，也有被害人在意识模糊的情况下，只是基于条件反射紧握手机，其实没有任何意义的可能性。只是这一握刚好把《XYZ 的悲剧》点出来……”

“这的确——有可能。”

这真是令人难以释怀的可能性。

既不是操作失误也不是手滑，的确是非常遗憾的结果，只是，在面临疼痛及惊慌失措时，用力抓住手边的东西也是自然的生理反应。

“这么一来，今日子小姐，不如干脆别再去想死前留言了，放弃这个方向的探讨，脚踏实地地搜集证据和证词如何？”

这或许是老天的旨意，要二二村警部别再投机取巧，还是多跑几趟劫罚岛——虽然他们压根没打算投机取巧。

“当然，确实应该同时检视其他的解决方法，但是二二村警部，请别那么急着下结论。即便我是最快的侦探，也不需要连放弃都最快。您刚才说警方已经检查过手机了？”

“啊，是的，那当然。”

“只检查了通话记录与历史邮件吗？”

“……这句话是什么意思？”

“若进一步推敲‘不小心启动《XYZ 的悲剧》’这个假设，千良先生真正想要打开的，并不见得只有通话或邮件软件，也可能是想要打开图片软件，展示凶手的照片……”

“哦，原来如此，原来是这个意思啊。有道理，就跟时下的学生一样，千良先生的手机里的确下载了许多应用程序……当然，鉴定人员应该已经清查过手机里的内容了。现在的手机可以说是个人信息的宝库呢。最典型的代表莫过于通话记录及储存的照片……就算被害人没握在手里，在探查造成纠纷的理由时，也会是重要的证据。”

“可是，并没有发现任何可疑资料？”

“是的……就我所知并没有。”

“那么，我倒想请问您一下。”

今日子小姐再次用指尖轻触手机的界面。为了让二二村警部也能看到，她直接把手机放在桌上，轻快地操作着。

今日子小姐启动的是名为“计算器”的应用程序——“计算

器”？不过看起来并不是系统内置的标准计算器，而是下载的付费软件……

“搜查本部怎么看待这个保存在手机里的算式？我是在阅读电子书时接触到画面，不经意发现的。”今日子小姐说是这么说，但想也知道绝非不经意发现。

因为那个算式的存档日期时间，几乎就是被害人的死亡推定时间，内容如下：

“+ 5 - 12 + 40 + 20 - 8 + 221 - 9 - 14 - 94 + 7 - 8 - 18 - 19 + 20 + 143”

7

计算器真是个盲点。

如果是通话记录、历史邮件、浏览历史，抑或是相册乃至便签软件的档案，应该都不会遗漏，但是没想到在计算器软件里居然留有这样的线索。

当然，这不见得能直接指出凶手是谁，但是从存档时间来看，这个算式与命案绝不可能毫无关联。

可是“+ 5 - 12 + 40 + 20 - 8 + 221 - 9 - 14 - 94 + 7 - 8 - 18 - 19 + 20 + 143”……

这个算式是什么意思？

“算式的答案是274。”

今日子小姐瞬间就解出来了。

一边看书（而且还同时讲解叙述性诡计）一边探索手机内容，恐怕也没放过任何一个角落，这个人脑子也太好使了。

到底能同时做几件事啊。

“274……并不是什么特别的数字呢。”

“对呀。如果是813，或许还能成为提示。以推理小说研究会来说。”今日子小姐说着意味不明的话。

“最有可能的情况是在濒死之际想用手机求救，结果手指颤抖按错键，打开计算器软件，输入莫名其妙的算式。”

“嗯……然后继续失手打开电子书软件吗？”

“没错。然后又继续失手打开了《XYZ的悲剧》。我想这样的巧合是有可能发生的，在逐渐消失的意识中一再失手并不奇怪。不过事到如今，身为侦探似乎该认为不是偶然。假如凶手使用了我所推理的台式钢琴诡计，千良先生应该就有充分的时间可以瞒着凶手操作手机。”

怎么会有充分的时间呢——啊，因为“被压在”台式钢琴底下呀。也就是说，凶手在把拆开的台式钢琴重组回去时，首先要把钢琴顶盖放在被害人身上，被压在底下也等于是躲在阴影里。

不同于键盘式手机，要在看不见的情况下操作液晶屏幕显然具有很高的难度，但如果只是单纯或熟悉的操作，也不是办不到……只是，会点开计算器来用吗？会打开常看的电子书放着吗？

尤其令他想不通的是，要是凶手还留在现场，不能打电话还可以理解，为何不传电子邮件求救呢？

“这点其实是可以解释的。假使遇害的是音乐社的成员，这点就很难解释了，因为千良先生是推理小说研究会的一员。”

“……什么意思？”

“命案的被害人必须留下死前留言，而且还要尽可能地用常人难以理解的方式叙述——如果说千良先生受到推理迷特有的使命感驱使，一切就说得过去了。虽然有点牵强。”今日子小姐说道。二二村警部原本以为她又在戏弄自己，但这次似乎是百分之百认真的。

只不过，比起求救，居然以留下暗号为最优先选择……简直是病入膏肓，感觉已经超越了“横竖都要被杀，希望死于完美的犯罪”，而更接近“希望被心仪的推理作家杀死”……总之都是二二村警部无法理解的感情……

“身为推理小说研究会的社长，没留下死前留言就死掉也太没面子了。或许他在弥留之际是这么想的。”

“……这是脑袋不清楚时想出来的歪理吧？”

“那当然。倘若处于正常的精神状态，应该不会这么想。但还请您别忘记被害人的死因可是头部受到殴打。”

所以说……

今日子小姐重新打起精神。

“这次试着以这个算式作为主轴，来解读《XYZ 的悲剧》吧。这样的话，又会出现哪些可能性呢？”

8

对于推理小说毫无概念的二二村警部搞不清楚状况的请求，加上对于记忆无法更新的她而言，实质上可说是“未知科技”的智能手机牵扯出的死前留言之谜，同时面对两者历经曲折也不曾停歇，高速运转进行推理到现在的忘却侦探走到这一步，也终于停下脚步。

“……”

该说是停止思考吗——她沉默了。

“怎、怎么了？”

该怎么说呢，因为二二村警部的不中用而造成的混乱情况，终于也随着“正常”的死前留言登场，让人产生或许能作为“普通”命案侦办的期待，可是忘却侦探为何会在这时陷入苦思呢？

“真糟糕，我什么也想不出来。”

“啥？”

“抱歉，‘什么’这两个字是过于夸张的丧气话，如果随便想什么都无妨的话，要多少我都可以想得出来，但现在却想不出像样的假设——”

这是截至目前攻无不克、战无不胜的“名侦探”出人意料的投降宣言，但是面对现在这样的情况，反而她本人似乎比较困惑。她操作起放在桌上的手机，关上计算器软件，重新打开《XYZ的悲剧》，迅速地翻页。只见今日子小姐以速读也追不上的速度，飞快滑动右手的食指。

“我还以为只要把这个算式代入《XYZ的悲剧》就能找出答案，可是看样子并非如此，说不定算式或电子书都与本案无关。”

今日子小姐低语。感觉不是在对二二村警部说，比较像是自言自语。

“话虽如此，就算单纯只思考算式，也会陷入死胡同。不管怎么假设都不对劲。嗯……”

“休、休息一下吧？今日子小姐也一直在动脑。”

虽然二二村警部脱口说出“今日子小姐也”，但若是严以律己一些，实在不该这样讲得好像自己动过脑似的。他受到无力感的苛责。

因此，更想为她加油打气。

“不要紧的。会特地把算式存档，一定有什么用意的。”

“是吗……但又想不到其他像样的可能性，或许真的只是手指痉挛，随便输入几个数字……”

不谈言语之间的失落，看到她垂头丧气这么说，身为委托人实在过意不去。当然，即使结论如此，仍不会动摇她作为侦探的尽责称职。

“我去泡咖啡吧！”

二二村警部说完才发现，自从把今日子小姐找到这里来，到现在都没给她送上饮料。虽说事出突然，但身为社会人，自己的礼数也太不周到。

“说得也是，那就不客气了。请给我黑咖啡。”

“黑咖啡就好吗？”

思考应该会消耗很多糖分，他还以为应该要多加点砂糖。

“不，想太多有点困了，所以想清醒一下。”

今日子小姐坚定地拒绝他的好意。

原来如此，那一定要黑咖啡。

“有点困”对于一睡着记忆就会重置的忘却侦探来说，可是很致命的。即便目前陷入瓶颈，但是一个不小心，使得截至目前的讨论付诸东流，绝对不是喜闻乐见的发展态势。

“好的，请稍微……”

“等一下——”二二村警部才刚站起来，今日子小姐却抢先出声制止了他，“请等一下，还是不要喝咖啡了。请您把那支笔借给我好吗？”

今日子小姐指着插在二二村警部胸前口袋的签字笔——就是那支先前在今日子小姐的右手臂写下“登场人物表”的签字笔。

“怎么？要笔做什么？”

二二村警部疑惑不解地看着她，只见今日子小姐脸上浮现出自信的笑容，让他怀疑仿佛刚才的消沉模样全是自己眼花看错。

“我想到一个主意。”

“咦……也就是说，今日子小姐，你想通算式的意义了吗？”

“还没，但我想到有助于想通的方法。困得正是时候。”

“嗯……”

今日子小姐毫无重点的说辞令二二村警部觉得莫名其妙。还以为她想到什么好点子了，但其实一切并不像她的表情那般豁然开朗吗？总之先照她所说，把签字笔借给她吧。

“谢谢。”

今日子小姐说完，先把签字笔放在一旁，接着拿出一种或许是化妆品之类的湿纸巾。

即便二二村警部还摸不着头脑，今日子小姐依然手脚利落地采取行动——她卷起左手的袖子，露出以“我是掟上今日子，二十五岁”开头的一串个人档案。

接着宛如拿着橡皮擦似的，拿起湿纸巾用力擦拭，也果然宛如用橡皮擦过似的，今日子小姐的个人档案被擦除得干干净净，不留一丝痕迹。

“你、你在做什么？！”

倒也不是擦掉那段文章，今日子小姐的记忆就会马上消失，但这突然的行动还是让二二村警部惊慌失措。详细原理不得而知，可是万一她现在睡着，不止会忘掉命案的概要，就连自己是谁，也会忘记不是吗？

而且还是在由于过度使用脑力，受到睡魔攻击的此时此刻，为何要做这么危险的事？

“不是啦，我想使出叙述性诡计看看，对我自己。”

相较二二村警部的慌张，今日子小姐的态度平静坦然，拿起笔——这让他愈来愈困惑。就算说“想使出叙述性诡计看看”……叙述性诡计只存在于推理小说的世界里，无法运用在现实生活中，今日子小姐自己不是已经讲过一百零一次了？而且“我自己”又是什么意思？

……下一秒，他随即明白了是什么意思。

因为看见忘却侦探在自己的手臂上龙飞凤舞地这么写道：

“我是千良拍三，今年二十三岁。推理小说研究会社长。遭人用台式钢琴杀害——”

并不是掟上今日子的备忘录。

而是被害人的备忘录。

再加上“死亡推定时间”“一手紧握着岸泽定国的《XYZ的悲剧》”“留下算式为‘+5－12+40+20－8+221－9－14－94+7－8－18－19+20+143’的死前留言”等其余详细的信息，今日子小姐在左手臂写得密密麻麻还不够，最后还写上“接着请见左腿”，然后掀起七分宽管裤——二二村警部连忙撇开视线。

大腿部分似乎很快就写好了。

“那么，晚安。二二村警部也请去休息吧，看时间差不多了，再叫我起床。”

语毕，今日子小姐便往桌上一趴。

“请等一下，今日子小姐……”

回头一看，她已进入甜美的梦乡。换句话说，一切都太迟了。

前辈曾说过，就算只是短短的一瞬，一旦她睡着，就没救了，因此，与忘却侦探一起查案的刑警必须好生监视着，绝不能让她睡着。

不过，二二村警部明白她的用意。

虽然明白，可是——没想到她会做到这个地步。

叙述性诡计……

她打算睡一觉，让记忆重置，在自我认识一片空白的状态下，看到写在手臂上的伪造信息，让自己变成当时留下死前留言的被害人，也就是打算刻意制造“误判”。

是叙述性诡计之⑤“人物误导”呢抑或是叙述性诡计之⑩“作中作误导”……不，这只可能是叙述性诡计之⑭吧。

这是只有忘却侦探才能使出的手段，但是不管再怎么想，这都太过火了——一个不小心，可是会完全迷失自我的呀。

不过，虽说会重置，但她的记忆是从“某个时间点”开始不再更新的，所以倒也不会完全变成一片空白，而且再怎么误判，也会马上知道自己不是男大学生，因此这个叙述性诡计的目的，顶多是锁定刚醒过来，还处于半梦半醒的瞬间吧……但仍旧是一着险棋。

话虽如此，这样就只能在一旁乖乖欣赏白发侦探睡得一脸香甜的模样。不，欣赏异性的睡相也实在太恶趣味了，于是二二村警部走出审讯室。

可是也实在无法安心休息，反而更是忧心忡忡，坐立难安。今日子小姐要他看时间差不多了再叫她起床，但这实在很难熬。先不论叙述性诡计的结果是吉是凶，这么做真的不要紧吗？二二村警部满脑子都是担忧。

心想至少要让今日子小姐醒来时能马上提起精神，于是便花点工夫把一度被她婉拒的黑咖啡泡得浓一些，但前后也花了不到三十分钟，二二村警部又返回审讯室。

以为今日子小姐还在睡，所以他没敲门就推开审讯室的门。

“……”

结果根本不需要二二村警部叫她起床，今日子小姐就自己醒了，而且正卷起裤管，查看着左腿。

写的时候还勉强来得及移开目光，这次倒是看得一清二楚。

上面写着：

“左手臂的叙述是骗人的。我是掟上今日子，二十五岁，侦探。记忆每天都会重置，是最快的忘却侦探。”

脱力感涌上。

根本轮不到二二村警部替她担心，今日子小姐早就做好安全措施了。不，或许这才是所谓的叙述性诡计。

醒来先看到写在左手臂的叙述，体验了“被害人的人格”之后，又马上看见“接着请见左腿”的叙述，做出正确的判断。

正当二二村警部兀自佩服不已时，今日子小姐接着盘起腿来，查看大腿的内侧。只见那上头写着：“委托人为二二村警部。详情问他。”

“你就是二二村警部吗？”今日子小姐终于抬起头问道——被不是“千良拍三”的掟上今日子这么一问，二二村警部慌张地出示警察证件。

“是、是的！我就是。”

毕竟是在听了半天叙述性诡计讲义之后，还亲眼看到发生在现实世界里的叙述性诡计，二二村警部为求万全，赶紧出示自己肯定就是自己的证明，但今日子小姐只是草草“是吗。初次见面，我是掟上今日子”几句招牌寒暄带过，立刻就直接以“那么，二二村警部，有件事要麻烦你”切入正题。

“因为解决篇的需要，可以请你把《XYZ的悲剧》买回来吗？”

“呃？如果是《XYZ的悲剧》，那部智能手机里就有了……”

她是否没把智能手机是什么机器写在左手上——二二村警部心想，随口答了一句之后又“欸”地愣了一下。

解决篇？她说解决篇？

“今日子小姐，你该不会已经推理出被害人留下的死前留言是想表达什么了吧？紧握显示着《XYZ的悲剧》封面的手机代表的意义，以及储存在手机里的算式真正的含义。”

“是的。我打从一开始就知道这个案子的真相了。”

明明三十分钟之前还因为陷入瓶颈而一筹莫展的忘却侦探，现在却以得意扬扬的表情，若无其事地说着大话，还盘坐着露出大腿，那样子与其说是豪放，不如说是脸皮比城墙还厚的狂妄。

“不过，为了好好进行解决篇，我需要的不是电子版，而是新书尺寸的小说版——《XYZ 的悲剧》的原版实体书。”

9

然而，忘却侦探随后又补了一句“只是我还没想通凶手是用了什么诡计，才能抬起台式钢琴当凶器”——真是不连戏。

写在下手臂上的信息总是有限，身为协助警方调查的忘却侦探，或许多少是担心如果不这么做，可能会无法保密到底吧……既然她都做得这么彻底，二二村警部也不得不提高警惕。

因为不好交代对书籍知之甚详的部下代为跑腿，二二村警部决定亲自前往不熟悉的书店。

岸泽定国的《XYZ 的悲剧》的小说版。

上下册加起来过一千页。

不同于被称为电子书的数据，亲眼见识到实体书形状时，二二村警部不禁被其厚度吓傻了。姑且不论有什么叙述性诡计，光是要看完那么大量的文字，就觉得真相什么的都不重要了。

心想说不定这是一种“写下大量字数”的叙述性诡计，他用公费买下，回到警局。

审讯室里的今日子小姐刚好喝完咖啡，意气风发地说：“你回来啦。高兴吧，我想通台式钢琴的诡计了！”

二二村警部不知该说什么才好，把买回来的《XYZ 的悲剧》上下册放在桌上的智能手机旁边。

“哎呀，你买新的啊。我还以为已经绝版，只能去二手书店寻宝，没想到市面上还买得到旧版书，真不愧是叙述性诡计的金字塔。被害人千良先生最初肯定也是读的这个版本吧？不是文库版，也不是电子版。”

“……即使版本不同，内容也一样吧？”

“是的。有些作家会在发行文库版时做大幅改写，但基本内容是不会变的。”

二二村警部还是第一次听到“发行文库版”这种说法。这么说，今日子小姐原本是打算让二二村警部去二手书店寻宝吗？

也太会差遣人了。

“趁二二村警部去买东西的空当，我检查了这部智能手机，看来在我忘却的期间，电子书已经大为普及了呢。这么厚的书要带着走也实在太吃力，所以我能理解就算已经有实体书，还是买下电子版的心情。”

“是喔……”

二二村警部倒是很难理解买好几本同样的书是什么心情——内容不都一样吗？

“内容是一样，不过……”

版式不一样。

今日子小姐说着，翻开《XYZ 的悲剧》的上册。怎么说呢，因为书本的尺寸不同，版式势必也不一样，但如果是电子书，不就可以随自己高兴变换版式吗？二二村警部心想，同时探头一看，接着不禁错愕。

“这、这是怎么回事……”

同一页的文字分成两块——一块在页面的上半部，另一块在下半部。

另一页也是同样的构成，摊开来远远地看，刚好形成汉字的“田”字。

“这、这要以什么顺序来阅读啊？”

“请当成报纸来阅读。看完上半部再看下半部，再接到下一页的上半部。这是称为两栏式的版式。”

跟报纸一样——原来如此，这么说的确也不是太前卫……两栏式？

“这在新书尺寸的旧版书，像一些类型小说书系里是很常见的版式——不，应该说‘曾经是’才对。因为在我还有记忆的时候，就已经愈来愈少的书采用这样的版式了。”

“这样啊……也是。”

这么古怪的排版，怎么看都不好阅读吧——这句话滚到嘴边，二二村警部又立刻吞了回去。还是不要在书迷面前随便发表意见才好。

或许领悟到他的心中所想，今日子小姐露出有些寂寥的微笑。

“还能买到这本书的新书，表示这种版式还没灭绝，但是电子书已经这么普及，消失是迟早的事吧。”

“电子书的普及与版式有什么关系呢？电子书不是本来就可以自由切换成方便自己阅读的版式吗。”

“不，我在二二村警部出去买书时试过了，即使是电子书，也无法改成两栏式的版式。虽然可以任意调整行数、字数、字体大小，唯有栏数是不能更动的。”

是这样的吗？

不过仔细想想，之所以将书籍电子化，应该是为了避免大家远离阅读的尝试，所以出版社或软件开发者的确不会故意搞些造成阅读障碍的花招。

当然，电子书的阅读器及应用程序千奇百怪、琳琅满目，或许也有能切换成两栏式的工具，但肯定不是主流。事实上也的确如今日子小姐所说，千良拍三安装在手机里的应用程序就不能改成那种版式。

就算真有这种版式可选，如果是平板电脑还好，用手机画面来呈现根本毫无意义吧……

“习惯的话，其实也很容易阅读呢。”今日子小姐说道。听起来实在有点牵强，但听她用上“习惯的话”“那其实也”这些词，感觉她也同意两栏式不容易阅读。

二二村警部想安慰她。

“没办法，注定要消失的话，终究得面对现实。”

结果换来了不置可否的表情——安慰失败。

说到底，别说是看书，几乎连书都不碰的二二村警部，是不可能体会书迷心情的。于是，他只好转移话题往下说：

“所以呢，你的意思是什么？”

现在应该不是讨论阅读文化的时候，理当是解决篇才是。

“倘若被害人千良先生看的是这本原版，新的旧版，有什么不同吗？”

“这个算式会有很大的不同。”

今日子小姐操作着手机——趁二二村警部不在时，她似乎应用得更熟练，点击动作十分灵巧——打开计算器软件，展示出那串莫名其妙的算式。

“+ 5 − 12 + 40 + 20 − 8 + 221 − 9 − 14 − 94 + 7 − 8 − 18 − 19 + 20 + 143”

“我明白这个算式代表的意思了——对照电子版《XYZ 的悲剧》，这个算式只是不明所以的数字罗列，然而一旦对照小说版《XYZ 的悲剧》，这个算式显然有其意义。”

“……”

完全听不懂她在说什么。

内容明明一模一样，为何仅仅版式采用两栏式，就能解开谜底呢？

“哼哼。那，这样能帮助你理解吗？”

今日子小姐卷起左手的袖子——原本写在上头的千良拍三备忘录已经用湿纸巾擦掉了，她又在那里写下新的文章。

不，不是文章，而是算式。

今日子小姐将显示在手机屏幕里的算式抄在左手臂上，而且不只是照抄，还加上新的要素。

“（+5，-12，+40）（+20，-8，+221）（-9，-14，-94）（+7，-8，-18）（-19，+20，+143）”

加上了“（）”和“，”，别说是有助于理解了，反而更让二二村警部陷入混乱。

“还不明白吗？这个算式表现的是坐标喔。”

“坐……坐标？”

“《XYZ的悲剧》——这个书名就是关键。‘XYZ’也就是X轴、Y轴和Z轴。”

忘却侦探想说的是——

“啊！……”

听到这里，二二村警部终于领悟了被害人想表达的死前留言。

10

并不会因为都不看书就对数字比较敏感，但是区区坐标，二二村警部还是知道的，就是用X轴与Y轴区隔成十字的那玩意儿吧。

横与纵，再加上代表高度的Z轴，XYZ。

而且，或许因为他是第一次看到这种版式，使得感觉更为深刻。两栏式的版式不仅很像“田”字，也宛如一张坐标图。

“请以右页的上半部为第一象限、左页的上半部为第二象限、左页的下半部为第三象限、右页的下半部为第四象限，而页数则是Z轴，正数代表上册，负数则是下册。”

今日子小姐边说明边分别将《XYZ的悲剧》的上下册从正中央翻开，并让两侧背靠拢。

或该说使其上下对称。

“开头的（+5，-12，+40）代表上集第四十页的下半部，也就是第四象限从后面数过来第五行的第十二个字。很容易懂吧？”

很容易懂——才怪。

不如说是更难明白了。

如果不是把整本书都背下来的书迷，根本解不开这种谜题吧——根本连想都想不到吧。

“没错。就算真的把书中内容全部背下来，这种死前留言也实在不是临时想得出来的。因为上半部及下半部、左页及右页、上册及下册的数字是互为颠倒的，如果没有看着实体书，实在无法确认，因此，我才会请二二村警部跑一趟。被害人千良先生恐怕平时就想着总有一天，要以这个暗号为主轴——还真的是轴——来写小说吧，真不愧是推理小说研究会的成员。”

“作中作——是吗？”

“是的。你居然知道这种专门用语呀。”

从今日子小姐身上现学现卖却还被称赞，心情真复杂，不过，如果是平时就在推敲的暗号，的确不用问也知道他为何要留下这种死前留言。

直接得到名侦探的叙述性诡计真传，连解决篇都学到了，二二村警部即使没看过推理小说，也不再是门外汉——诸如“横竖都要被杀，希望死于心仪的推理作家之手”“横竖都要被杀，希望死于完美的犯罪”“遇害时有义务留下死前留言”这些推理狂热粉丝心态，纵然无法理解，也能想象了。

好不容易想出来的暗号，怎能连用都没用过就死去呢？身为推理小说研究会的社长如此想道。

“如果死时手里有书是最理想的状态，但实在事发突然，只能用电子书代替——这套作品的体积也不是能随身携带的。不过就结果来说，这样使得暗号解读的难度更高，所以被害人肯定是死也瞑目了。”

的确，对自己行使叙述性诡计前的今日子小姐之所以会在解读暗号时陷入瓶颈，正因为看的是电子版《XYZ 的悲剧》——显示在手机画面里，电子书特有的易读排版，让她产生了先入为主的成见，反而干扰她解读死前留言——正因为使出叙述性诡计，睡了一觉使记忆重置，今日子小姐才能直觉地发现被害人想表达的其实是那本书的实体书，而且还是旧版书。

真是的，就算没忽略存在手机里的算式，二二村警部应该还是解不开那种死前留言。要不是两栏式版式，就连名侦探都解不开这个暗号。

“运用不易阅读的两栏式版式，算是难以解读的两栏式暗号吗？”

二二村警部讲了一句不好笑的玩笑话。

“算是吧。毕竟暗号——本来就该难解不易读。”

今日子小姐也自嘲地微微一笑。

“好了，一旦解读完毕，究竟会出现谁的名字呢？如果是事先想好的暗号，出现推理小说研究会的成员名字的概率可能会高得多，但或许被害人其实私底下和音乐社的成员有什么关联也说不定呢——咦咦？”

忘却侦探结束论证，从上下册的小说版中撷取需要的文字，再看着自己写在左手臂的备忘录，一脸匪夷所思，微侧螓首。

这也难怪。

实在没想到两栏式暗号所揭开的谜底竟会是如此意外的凶手。

第三章

掟上今日子的心理测验

1

百道滨警部对忘却侦探感到敬畏。不，用“感到敬畏”来表述，其实与实际的感觉有些出入。当他与忘却侦探共同行动时持续不断感受到的冲击，是一种比“敬畏”这样带有某种敬意的词汇更根本、更幼稚、更不成熟的感情。

比起“感到敬畏”，不如直接说是“害怕”。

所以表述得更精确一点，应该这么说。

“我觉得那个人很可怕。”

绝非讨厌。

甚至还该说对她的人格、人品颇有好感。可是，跳脱对她这个人本身的好恶，对于身为侦探的她，百道滨警部无法不感到畏惧。

他甚至无法相信刑事课的同事们为何能如此轻松，几乎可说是随便地与忘却侦探建立起关系，委托她就像是叫外卖似的。不，相信他们一定也有内心的纠结。

作为公家机关的警察组织，向身为一般民众的忘却侦探，向作为一介民间企业的置手纸侦探事务所寻求协助这件事，百道滨警部倒是没有什么抗拒感。因此看忘却侦探不顺眼的警察绝对有，但百道滨警部和他们并不是同路人。

相反，他还认为警方不该死要面子，即使对方是组织外的人，也应积极地请对方协助才对。即使不是忘却侦探，就算不是第二天便能把协助过警方办案的事实忘得一干二净的保密专家，为了及早破案，更为了社会正义，都应该尽量善用有能力的人才。

真有需要，连父母都该利用，更不用说是侦探了。

没在睡觉的忘却侦探更该用。

以公务员来说，百道滨警部在这方面的观念算是非常先进。

然而即便如此，他还是无法不对忘却侦探感到敬畏。

自己说服不了自己。

好害怕，好可怕。

由于完全是本能的感受，如果要具体说明到底有什么好怕——自己到底是基于什么原因，害怕那么可爱的白发侦探——是需要下点功夫来分析的。起初也没想太多，只单纯以为自己应该是怕她那聪明伶俐的头脑，亦即“头脑好得很可怕”。

百道滨警部每天面对的犯罪者也是同样——“不知道在想什么的人”终究让人心生畏惧——不管经历过多少动机不明的杀人案，依旧只能用一个词“不寒而栗”来形容。也因此，侦办犯罪时才会那么重视动机……

“太聪明的人”与“不知道在想什么的人”应该是不一样的，但是两者都令人不寒而栗。

人们很难理解“能轻易理解自己无法理解之事”的人，所以，会觉得“解决过无数警察束手无策的案件的忘却侦探很可怕”的解释，原则上是成立的。

如果有其他刑警基于这样的理由而讨厌忘却侦探，百道滨警部大概会理解那种感觉，不过，若问起那是否与他的感觉一致，却又不得不说有些细微的出入。

或许完全不一样也说不定。

这是因为百道滨警部并不认为忘却侦探“聪明过人”——不仅如此，若单就“聪明”这一点，甚至认为忘却侦探与身为常人的自己没太大的差别——他虽然害怕忘却侦探，但并不怕这么说而被人误会。

真是胆大包天。

不，就算与自己的脑细胞相比确实嚣张了点，但要找出可能比她聪明的人，百道滨警部少说就认识好几个人。上司与部下们都不乏聪明人。

当然，他并不怀疑她的能力，但忘却侦探的头脑本身并没有那么了不起。这是百道滨警部的认知。

尽管如此，上司与部下无法马上侦破的案子，忘却侦探却都能用最快的速度，宛如解开缠在一起的缆线，轻而易举地搞定。

而且是在一天之内。

无论什么样的案子，都能在一天内解决的忘却侦探。

因为每天都会失去记忆，所以只接受能够在一天内解决的委托——这种说辞，在百道滨警部听来只觉得像是掩饰真实的空泛借口，将她精彩的表现倒因为果。

以与常人无异的能力，做出常人所不能及的结果，倘若不明白个中缘由，确实会让人更加觉得不寒而栗。

但不是的，不是这样的。

百道滨警部明白个中缘由。

一旦共同调查过，自然就会明白忘却侦探为何能发挥如此强大的实力——自然就会感受到那股不寒而栗的力量，所以百道滨警部很害怕。

就像害怕妖怪一样。

就像害怕怪异一样——掟上今日子很可怕。

2

“您就是百道滨警部吗？初次见面，我是掟上今日子。”

出现在约定地点的今日子小姐说道。她今天的打扮是灰色的绕颈丝巾搭配垂坠式的长款薄衬衫。这身打扮的确是初次见到，至于百道滨警部向置手纸侦探事务所求助当然并非初次，这已经是第五次了。

她忘了，所以是忘却侦探。

脸上堆满了笑容，却把百道滨警部，以及同他一起揭露的案情真相全部遗落在忘却的彼方——居然能把那样残酷到令人不忍回想的事情忘得一干二净，忘到这个地步也只能佩服。

但也只是当然，毕竟体质使然。

“是的，初次见面。我是百道滨。”

即使过去曾经并肩作战，每次委托都要假装初次见面，是请忘却侦探协助的礼貌，所以百道滨警部也配合今日子小姐回话。而且纵然不是初次见面，也是好久不见了。

自从上次——第四次委托她以后，又过了好长一段时间。站在推动与组织外人才积极合作的立场，甚至还主动召开研习会的百道滨警部，或许应该更频繁地委托置手纸侦探事务所才是，但他总是裹足不前。

又不能明说是“因为害怕”。

只是，这次他也不得不压下那股“害怕”的情绪，借助忘却侦探的力量。再怎么样，也不能让自己的恐惧凌驾于工作之上。

我要鼓起勇气，与忘却侦探一起办案——虽然有些夸张，但今天的百道滨警部就是这种心情。

另一方面，不晓得究竟是否知道他内心的百转千折，今日子小姐依旧笑容可掬。

“事不宜迟，请告诉我要做些什么。边走边说吧？”

与其温和文静的举止正好相反，最快的侦探一开口寒暄，再开口就是催促百道滨警部。

“啊，好的，说得也是。那么，请容我在前往案发现场的车上，向你简单说明一下案情概要。”

“哎呀，难不成是要让我坐警车吗？”今日子小姐语带雀跃，“好高兴！我还是第一次坐警车。”

完全不知她这句话里到底有几分认真，这已经是百道滨警部第三次让今日子小姐坐上警车了。

3

“被害人名叫横村铳儿。在所谓的‘密室’里被贯穿心脏。”

虽然是警车，却是伪装成一般车辆外观的警车，于是今日子小姐一如既往地面露失望。安排她坐上副驾驶座，将车子从停车场开上马路时，百道滨警部开口说明案情。

即便是被最快的侦探催促，但省略前情提要，直接进入主题详细解说——会如此高速进行，再怎么想都是百道滨警部心怀恐惧的表征。

除了对忘却侦探的恐惧外，也是对已经发生的命案本身的恐惧。

让名侦探坐在副驾驶座上像个副手，总觉得过意不去……而且还让她坐过三次……虽然对今日子小姐而言仍是第一次。

“嗯哼。密室吗？”

今日子小姐调整着座椅前后位置时应了这么一声，听到这种推理小说用语——而且也是极少出现在现实世界的字眼——依然冷静沉着，果然是专家，什么场面都见过。

不，既然身为侦探的记忆无法积累，今日子小姐绝不可能“见过”以密室状况为代表的不可能犯罪。

没错，比起“聪明”，倒不如说这种“冷静沉着”才是忘却侦探的本质。明明一切都是“初次”接触，但这种老练的感觉是怎么回事？

百道滨警部边想边发抖。

接着说明案情概要。

“是的，事情发生在密室里。嫌疑人当中，没有人能下手行凶。”

“原来如此。可是反过来说，这样也锁定了嫌疑人吗？虽是密室，却不至于造成无人涉嫌。”今日子小姐说道。

感觉像是被抓到语病，但的确是很确切的指责。当然，他打算接下来再说明，只是在其实别无所图之处被觉察到企图，对百道滨警部而言，已经足以令他胆战心惊了。

“是的。具体地说，嫌疑人有三人，亦即被害人横村铣儿的家人。”

“家人。”

“是的。父亲、母亲和亲哥哥。”

家人杀了家人。

对于那种凄惨的状况——至少对于那种看起来很凄惨的状况，忘却侦探做出以下的评论：

“换个角度来看，也是发生在密室里的命案呢。”

她是指“家庭”这个密室吧。

不过，真希望她这种潇洒的气质只限于展现在服装品位上就好，因为就算她这么说，也缓和不了车上的紧张气氛。

对她的恐惧，紧紧攫住了他的内心。

“说得也是。案发现场也是自家别屋的地下室。”

百道滨警部赔着笑脸继续说下去。

“是个没有窗户，铁门深锁的地下室。被害人平常就住在那个房间里。发现时的状况说得明白点，是被钉死在那张床上。”

“被钉死在床上。嗯哼嗯哼。如果是地下室，就不是视觉的密室或心理上的密室，而是原始的密室呢。身为热爱从前那个美好时代的本格推理小说之人，对这种粗犷的感觉非常有好感。”

完全猜不出她这句话有几分认真，但是对于犯罪行为“非常有好感”这种发言，即使不是百道滨警部，也会对她的轻率不以为然。

身为警察，真想好好训她一顿。

然而，仿佛是被她先发制人，今日子小姐询问起地下室的细节。

“请容我确认一下，现场没有大小可以让人钻进去的通风口吧？”

“没有。出入口如前所述，只有铁门。不过在发现时，那扇铁门已经被破坏了。”

“破坏？是指察觉室内有异的人，利用工具之类的破门而入，然后发现钉在床上的横村铳儿。是这样吧？”

“差不多是这样。而发现者同时也就是嫌疑人。”

“怀疑第一发现者吗？这还真是……感觉粗犷倒是没什么问题，但这种思考逻辑看在跟不上时代的忘却侦探眼里，也觉得有些过时了。”

今日子小姐莞尔一笑。

像是在调侃他，也像是在试探他，大概是后者吧。百道滨警部如此解读。

或许是自己想太多了，不，或许可能只是自己有小人之心。

“若是发生在自己家的案子，最早发现的会是家人，我倒认为是极其自然的事呢。您刚刚提到嫌疑人是父亲、母亲或哥哥吧。是这三个人一起破门而入，一起发现的吗？”

“是的。啊，不过，说得仔细一点，是由男士们负责破门而入。用身体撞门、用旁边的工具把门撬开……据他们所述，当时做梦也想不到里头的家人居然会被钉死在床上。”

只不过，那也只是嫌疑人的说辞。

或许三人之中早就有人掌握室内的状况。可能是三人之中的两人，也可能是所有人。

“嗯……”

今日子小姐抱着胳膊，稍微想了一下。

“针对门扉遭到破坏而打开的密室，解决之道不外乎‘其实根本没锁’这种可能性……”

她的意思是指“借由破坏门扉，企图让人无从辨别其实没有上锁”吧？这当然是不可能的。那种程度的诡计，根本没必要特地请名侦探出马。

也没必要让自己担惊受怕。

“刚才，今日子小姐说这是原始的密室……但唯独钥匙，绝不是原始的那种，不如说是最新型的。”

“最新型？”

“是的。地下室的铁门是用卡片锁来进行管理的。进入地下室时，必须用非接触型的钥匙卡才能打开。”

如果硬要打开，就只能破门而入——是这种构造。

“嗯……一听是最新型，让我不禁上紧发条，所幸钥匙卡还在我跟不上时代的知识里，我的事务所兼住宅的掟上公馆也有这种设备。话说回来，也因此感觉这密室有些不太对劲。”

今日子小姐说道。

是不太对劲。侦办的专家自不待言，就连外行人也感觉到不太对劲。

如果是企业大楼或是以绝不泄密为卖点的置手纸侦探事务所的门就算了，但是用卡片锁来管理自家地下室的门，实在令人匪夷所思。

“一路听下来，我本来想象的是从内部用门闩上锁的铁门，没想到竟会是卡片锁，真是太不自然了。这是所谓的旧瓶装新酒吗？是在地下室的旧式铁门再加装卡片锁系统吗？”

“没错，是这样。”

说得更准确一点，是卡片与密码的双重锁。实际上，那一家人的确是破坏了整扇铁门才把门打开的。

“我理解密室的构造了。可是这么一来，疑点又增加了。既然是密室，当然会让人以为是从内侧把门锁上。但是听您的描述，那扇门反而只能从外侧打开吧？”

“对的。换句话说，不能从内侧打开。”百道滨警部直指核心，“因为那间地下室，原本就是用来监禁被害人横村铳儿的房间。”

是地下室，同时也是个地牢。

4

横村家的内幕……他本来想抵达现场以后，再慎重告诉她关于横村家的隐情，不过这么一来也就随便了——无论如何，要求对忘却侦探感到恐惧的百道滨警部有条不紊地按照时间顺序说明，本来就是不可能的任务。

“虽然身为负责侦办的警察不应该说被害人的坏话，但如果这家人的证词可信，横村铳儿似乎是个脾气暴躁、不受控制的凶狠人物。父母已经完全拿他没办法，才会把他关在那个地下室里，一起生活……”

那样称得上是一起生活吗？

在别屋，而且还在地下室里。

光听早中晚三餐都是衣来伸手、饭来张口，或许会以为这家人是无微不至地照顾着足不出户的次子，事实上是把他隔离开来。

“就算是血浓于水的至亲，把人监禁起来也是犯罪呢。”

今日子小姐不留情面地说道。她说得一点都没错。

从这个角度来看，横村铳儿被钉死在床上以前，就已经是这个家的被害人了。

只是，今日子小姐不考虑“横村家有隐情”的发言，百道滨警部一时之间无法完全同意她这么不留情面。

不，就算父母深受次子的蛮横态度所苦，百道滨警部也绝不同意监禁这种行为，然而，若在其中丝毫不感受到纠葛，又有些不太对。

“更何况，还是在监禁时被钉死在床上，这可不是一件小事。或者是嫌疑人们曾说过‘担心再这样下去会被杀，所以先下手为强’之类的话，主张那是正当防卫呢？”

“不，并没有。或该说，还没发展到需要否认罪状的阶段。虽然他们有嫌疑，也还达不到逮捕的地步，目前还只是作为关系人，侦办完全处于摸索状态。”

凡此种种，无论是不是第一发现者，会怀疑那家人是再自然不过的事。被害人的哥哥虽然试图以“我小时候如果搞恶作剧，也会被关进这个地下室里”来淡化问题，或是想要大事化小，但问题根本不在那里。毕竟很难用“小孩”来形容横村铳儿，而且细问之下，当他年龄还小时，别屋的地下室也还没有用卡片锁。

总之非常可疑，可疑到光用“嫌疑人”三个字或许仍不足以形容。尽管如此，也还无法构成逮捕的理由，因为他们三个人都有牢不可破的不在场证明，甚至可说是因为不在场证明太过完美，反而更加可疑也不为过。

“嗯哼。在询问详细的不在场证明之前，我想再确认一件事……百道滨警部，不管是卡片锁还是别的什么东西，安装在案发现场铁门上的锁是可以从外侧打开的吧？既然如此，有必要破坏铁门进去吗？”

真是个中肯的疑问。

这也表示百道滨警部的说明显然不够完整——虽然误以为是原始的密室是今日子小姐的问题。

从这点看来，这个人果然不是个完美的名侦探，也是会犯错的。

“家人之所以会发现被害人被钉死在床上，并不是因为察觉到室内的异常才破门而入。”

“什么？可是刚才我这么问的时候，您不是给了我肯定的答案吗？”

“不是，我是说‘差不多是这样’。的确是有异状，但不是在室内，而是在室外。不是发生在别屋，而是在主屋。虽然这也是根据家人的证词——原本应该放在老地方的钥匙卡，那天早上不见了。”

“……”

“由于不是会突然不见的东西，大家想会不会是被谁偷走了，也就是说会不会是有人打算擅自把被监禁的次子放出来。于是一家人便冲向地下室，强行破门而入。大概是想确认次子平安无事吧……结果发现他被钉死在床上的悲惨模样。”

还不确定这些说辞有多少可信度。

倘若三个人串供，爱怎么说就怎么说。

要做伪证也不成问题。

“如果这是伪证或伪装工作，未免也太漏洞百出了——行动原理实在太不自然。就算钥匙卡真的被偷，也不用立刻破门而入吧？可以先打电话给安保公司，或者是联系物业，请对方重新配一张新的卡片，总之还有很多解决方法……贸然采取行动前，应当会想先采取稳健的解决办法。”

“他们的主张是‘因为人在打不开的房间里，没时间慢慢来’。说是等到重新配卡，次子都饿死在里面了……”

“嗯哼。说是说得通，不过，先把家人监禁起来，出了事才来表示关心，总觉得说服不了任何人。”今日子小姐耸耸肩，“要我说的话，真相其实是担心被第三人知道监禁一事，才会这样刻不容缓地想掌握次子的行踪吧。”

“……这也有可能。”

这么说倒也没错。肯定是那样的。

可是，能否直觉地想到这点又是另外一个问题——这种对于百道滨警部而言着实难以接受的心态，但忘却侦探却能立刻想象得到。

毫无人情味地理解人类的心理。

“若说冲到地下室，或该说是地牢前，看到铁门紧闭也不敢放心……他若是这么主张的话，就八九不离十了。当然，那扇门是自动锁吧？”

“是的。因此虽说是密室，‘如何为密室上锁’这件事本身，并不会在锁定凶手时造成困扰。凶手是第三人，用钥匙卡进入地下室，动手行凶，将被害人钉死在床上以后逃走的假设是成立的。”

对了，钥匙卡是在搜索地下室时发现的——百道滨警部补了这么一句。

只看“钥匙在室内”这点，虽然仍合乎古典密室的条件，但既然是自动锁，这个发现并不会使情况变得更复杂。

就只是把钥匙锁在里面。

钥匙卡带在身上之后也是难处理的，不如干脆丢在案发现场的思考逻辑，是可以理解的。

“啊哈哈，可是这个假设有点弱呢。只有钥匙卡还是打不开铁门吧？您说过还需要密码。”

“是的，需要八位数的密码。并不是瞎蒙就可以蒙到的数字……不过，密码随时都有可能外泄，因为写着密码的纸条就放在家里。”

“备忘录吗？”今日子小姐说，“要说既然钥匙卡都被偷了，偷看到那张纸条也不足为奇。也罢，勉强还算说得过去。可是应该随后就被否定了吧？”

今日子小姐说得笃定。

不明白她为何能如此断言，难道自己在不知不觉间给了什么提示吗？

至少这一点光用直觉敏锐是无法说明的。

“不，真的只是直觉。只是感觉如果这个假设说得通，一家人的嫌疑应该不会这么重。所以呢，结果怎样？”

“……嗯，被否定了。因为虽然门遭到破坏，但锁本身还好端端的。也就是说，进进出出的记录还存在机器里。根据记录，并未发现有第三人使用过钥匙卡的事实。”

记录显示最后一次开门的时间是前一天晚上母亲来收拾晚饭的时候，直到发现钥匙卡不见的隔天早上，都没有开过门的事实。

因此，就算认为凶手是第三人，那个第三人并非使用被偷走的钥匙卡或密码开门，失窃与命案是两回事。

“不不，从状况来思考，不完全是两回事呢。只不过……”

“只不过？只不过什么？”

“等之后更确定一些再说吧。所谓急事缓办。”

今日子小姐像这样卖完关子后，又加了一句：“目前也还没有根据怀疑钥匙卡失窃一定是凶手的自导自演。”

还急事缓办……这哪里是急事缓办，几乎是横冲直撞嘛。

“请继续。我们是要来调查嫌疑人——被害人家人的不在场证明吧？”

“没错……只是讲到这里，想必你也已经发现嫌疑人们的不在场证明都是成立的吧？”

专业如今日子小姐，应该早就察觉了才是。

百道滨警部绵里藏针地说——对于恐惧忘却侦探的他而言，说出这句话可算是鼓起了勇气，今日子小姐本人却一脸若无其事地点了点头。

“当然，不过我也想采取水平思考方式，还请百道滨警部务必告诉我。”

身为委托她的警官，被她吹捧也高兴不起来，反而是她这般无懈可击的应对，挺可怕的。

想来应是自信或自负的展现。

“……自前一天晚上到发现尸体时，地下室的门都不曾被动过，因此可以排除由第三人下手的这个可能性。然而，也同时排除了当事人那一家人犯案的可能性。铁门一整个晚上都关着的记录坐实了所有人的不在场证明——没有人进到地下室里。从这个角度来看，这果然是一桩由密室状况所衍生的不可能犯罪。”

5

“为求谨慎起见，若是让我再举一个可以推测被盗的钥匙卡并没有被使用的依据……大概是不用特地冒着风险把卡片偷出来，地下室铁门的强度也不过是只要有心，就能以力气破坏的程度呢！”

今日子小姐说道。

搜查本部目前未曾从这个角度思考，但这么说来，倒是挺有道理的。

如果只是想杀害遭受监禁的横村铳儿，根本不需要冒两次险，可以把犯罪风险控制在一次以内。

话说回来，实在想不到有谁会想要杀死遭受监禁的人。

会遭被害人蛮横到几乎无法沟通的粗暴行为对待的，顶多只有家人，所以恨到会想杀死他的人，也就只有家人了。

应该是又爱又恨的情绪吧——不，那也是恐惧吗？再也没有比无法沟通的家人更可怕的了……

“真是的。非但一点都不古老，根本是最新型的密室好吗？还用数据记录进行管理……身为活在从前那个美好时代的人，就快要跟不上步伐了呢！”

把自己说得像是福尔摩斯或波洛*那时代的人，算是纯粹自谦之词吗？但事实上，她再次抛出精准的问题。

“有可能篡改记录吗？”

“既然是数字数据，倒也不是百分之百不可能，不过，鉴定人

---

* 波洛是英国推理大师阿加莎·克里斯蒂创造的比利时侦探，是文学史上最杰出、最受欢迎的侦探之一。——译者注

员认为看起来并没有被动过手脚。”

当然，也因为“既然是数字数据”，仍无法完全排除是被人不留痕迹地进行篡改的可能性，但是嫌疑人们并不是工程师，很难想象有这么高明的技术。就连不高明的篡改，对他们来说大概也是不可能的任务。

“不是工程师——说来，我还没问过那对父母与兄长是做什么工作的？听您的说明，家里似乎非常有钱。”

百道滨警部没有别的意思，今日子小姐应该是从家里有别屋、地下室安装着最新型的卡片锁这些要素做出这样的推理吧？

“父亲退休前是某家大公司的要人——母亲原本也在同一间公司做事，结婚后做了家庭主妇，直到现在。至于长子，目前仍在那家公司上班。”

“全家人都跟那家公司有关吗？”

“是的。不过遭受监禁的被害人当然例外。”

这应该不需多言。

根据调查，父亲曾以“啃老族”“吃闲饭”来形容次子。这么一来，就不是又爱又恨，而是憎恨的比例占了大半。

“你说退休，父亲的年纪有那么大吗？”

“是不年轻，但也并非是因为年纪到了才退休。虽然表面上说是出于个人因素，但实情好像是要母亲一个人照顾次子也已经到极限了。”

“……为了孩子而辞职吗？不，照你这样说，与其说是为了孩子，不如说是为了妻子吧——”

“你认为那是杀人的动机吗？”

“还不好说。而且要说到动机，也可能是由于不忍心见父母为次子的蛮横疲于奔命，长子才会做出如此苦涩的决断，或是单纯嫉妒父母都只关心弟弟也不无可能。不是有句话说‘愈让人费心的孩子愈可爱’吗？”

横村铳儿让人“费心”的程度似乎不是这种等级，想当然，也不能因为这样就动手杀人。

尽管如此，动机还是很重要。

三个人都有动机，也可说只有那三个人才有动机。

“说得也是呢。只不过如你所说，由数据记录构成的密室不仅排除了第三人，也排除了同居家人行凶的可能性。因为就算钥匙卡不见是伪装工作的一环，只要没有篡改记录，任何人都不可能在半夜潜入地下室，将被害人钉死在床上。”

“是的，这是不可能的犯罪。三个人都这么主张。”

那样子看起来也像是在互相包庇，毕竟是一家人，要说会互相包庇，倒也是人之常情。

对于横村家而言亦是如此，只有横村铳儿是例外。

“这样啊——我想探究密室问题的细节，可以吗？”

“当然可以。请尽管问。”

“钥匙卡不见或是忘记密码时，有没有什么紧急应变的措施？”

“没有，只能向物业或安保公司求助。”

“门有没有被‘二度’破坏的痕迹呢？也就是把夜里已经破坏过一次的门进行修复，使得乍看之下什么事也没发生过的可能性。”

“没有。因为是铁门，由铁制成。如果要修复损坏的部分，就必须进行焊接作业。”

“啊哈哈。要是有用高温熔化铁门，再使其冷却，恢复成原状的推理小说，我倒是很想看看呢。”

“这种诡计也太新潮了吧！”

“这倒是。那么最有可能的推理是——命案并非在夜里发生，而是早上三个嫌疑人破门而入时才发生。瞒着其他两人的耳目，或是三人联手，将睡着的被害人钉死在床上……不，或许破门而入的噪音早已吵醒了被害人也说不定。总之，或许我们应该检视一下关于‘瞬间杀人’的模式是否可行？”

“瞬间杀人”这种想法，对百道滨警部来说很新鲜，不过看她说话的态度，对推理迷而言，这种诡计似乎是非常基本的桥段。

然而，那是不可能的。

姑且不论从前那个美好的时代是怎样的——现代有种凭据叫作

“死亡推定时间”。

“不管将被害人被钉死的时间算得再怎么宽松，也能断定是发生在深夜中的事，绝不可能是早上行凶。”

“同样的道理，也不会是前一天晚上——记录上最后一次开门的时候——也就是趁母亲撤下晚饭时行凶喽？”

今日子小姐有所领会，点了点头。

瞧她那没有半点失望之情的模样，与其说是检视密室的存在，不如说是正在仔细地消除是为密室的可能性吧。

说什么急事缓办，其实是展开最后冲刺前的热身运动吧。

“那么，最后是——”

明示顺序的提问，也是她仔细的表征吧。

“调查过被害人自杀的可能性吗？”

“……”

“像是不堪监禁生活，或者是不想再给家人造成困扰，自己结束生命的假设，也有可能成立吧？”

“……”

今日子小姐的提问似乎是为求谨慎，而百道滨警部虽然明明可以口头回答这个问题，但是车子正好在红绿灯前停下，他从口袋里拿出手机，展示出储存在里面的现场照片——被害人的照片，递给坐在副驾驶座的侦探。

百闻不如一见——不。

该说是一目了然吗？

百道滨警部心想，只要看到被钉在床上的被害人死状，不用说什么也应该能让她了解，探讨被害人自杀的可能性是一件多么愚蠢的事。

真要说的话，也有所期待。

行事作风活像搭载人工智能的象棋软件般，总是按部就班地探讨所有可能性的她，即便身为最快的侦探，只要看到实际的尸体，也会对自己这种玩弄理论的行为感到可耻吧。

有所期待。

百道滨警部没有要自以为是地敦促她反省的意思，只是想强调发生在现实里的命案可不像推理小说那样具有娱乐效果，一切皆为悲剧。

虽然这种事不用百道滨警部强调，今日子小姐肯定也心知肚明。

“嗯哼。原来如此。看他这副死状和绝对称不上安详的遗容，的确不可能是自杀呢。我明白了。”她说。

然而，即使出其不意地看到血淋淋的尸体照片，依然面不改色、应对自如的她，让百道滨警部实在无法不感到毛骨悚然。

6

该期待忘却侦探的理应是思考，期待忘却侦探有人情味本来就错了——就算心里很清楚，百道滨警部依然忍不住想试探她。

揣测她的内心世界，宛若心理测验。

然后每次都会因此感到心惊胆战。

这也不是“第一次”了——这是他们第五次一起办案，让她坐警车也是第三次了，但是还远远比不上试探她的次数。

而且至今还没有一次得到过好结果。

尽管如此，百道滨警部依旧无法停止试探——无法克制自己不去试验她真的是个人，而不是思考的机械。

一而再再而三，仿佛总是忘了以前得到过的答案——不，正因为记得很清楚，百道滨警部才无法不一再试探。

很像是受到好奇心的驱使而一再窥视可怕的深渊，但其实并不同，百道滨警部想看到的，是不可怕的东西。

想确定掟上今日子并不是机械，也不是妖怪。想知道的，只是这种理所当然的答案。

我坚持的肯定是无关紧要的小事吧。就算今日子小姐是生化人，是会读心术的妖怪，只要能找出事情的真相，她是什么根本都无所谓。

如果今日子小姐是个看起来不近人情、表情冷酷的侦探，大概还不会让百道滨警部这么想，偏偏对方是个只有外表长得很可爱的白发侦探，才会令他感觉认知失调也说不定。

当然，忘却侦探不可能始终未曾觉察百道滨警部的内心戏。纵使无从得知具体的理由，但是他问了那么多奇奇怪怪的问题，又不由分说地让她看尸体的照片，总该会觉得他的行为别有用心。

虽说每次都会忘记委托时发生过的事，但是从百道滨警部的言行举止，侦探应该早已有所察觉，察觉到委托人对自己“感到害怕”一事。

只是，她始终不曾追究过这一点，这也是每次的惯例，因为他怎么看待她，并不会影响侦探破案。

彻底节能，为了成就极速而追求高效。就像 F1 赛车为了追求速度，致力于一再地轻量化，最后成了无法在公路上行驶的车型那样，忘却侦探似乎也正逐渐失去社会性。

仔细想想，“忘却侦探看到区区的尸体照也不会有所动摇”这种事早该在常识的范围内了。毕竟，不管看到再怎么凄惨的案发现场，这个人到了第二天就会忘得一干二净。

光是想到手机里有那样的照片就心情阴郁的百道滨警部，要和她相提并论，本来就是件强人所难之事。但至于哪一种侦办态度比较正确，当然是今日子小姐略胜一筹。

说穿了，只是无能之人硬是对能干的人鸡蛋里挑骨头吗？

可是——

百道滨警部无论如何也不能认同“只知追求正确的行为”是正确的。

7

车上的对话自此变得有一搭没一搭的，该提前告诉她的事都说得差不多的百道滨警部，并不具备能以闲话家常来填满空白的如簧之舌。几乎是以沉默来度过尴尬的时间后，两人终于抵达案发现场的横村家。

不过，觉得沉默兜风之旅很尴尬的只有百道滨警部，今日子小姐似乎把这段时间都用于沉思。

“果然是有钱人呢！与其说是普通住宅，根本是豪宅呀。”

今日子小姐这么说着，同时走下停在停车场的车子径自向前行，百道滨警部随后跟上。她的目的地看来不是主屋，而是直接往别屋的方向走去。

由于不愿再待在家人遇害之处，三名嫌疑人目前都暂住在附近的饭店里，所以横村家现在空无一人。虽说已经事先征得同意，但是看着大模大样在别人家走来走去的忘却侦探，即使紧追在她的身后依旧觉得难靠近。

“好好噢，有钱人。有钱人，好好噢。好好噢，好好噢，好好噢。”

“……”

可以将今日子小姐三步并成两步地走在庭院里发出的这些喃喃自语，解释成她其实还挺有人情味吗？

正当百道滨警部迷惘之际，两人已经快速来到别屋，走进屋内站在通往地下室的铁门前——不，铁门已经完全被破坏掉了，连同上面加装的卡片锁，全都被搬走了。

不用向主人借钥匙，此刻的地下室也已是来者不拒的状态。话虽如此，但是一想到走廊尽头就是命案现场，就迟迟踏不进去。

虽然没有门，却仿佛有一道看不见的墙壁。

然而，这也是百道滨警部一个人的感觉，今日子小姐丝毫不以为意地以与来时相同的步调，钻进原本有扇门的门框，走进地下室。

百道滨警部连忙跟上去。

这间地下室原本好像是作为储藏室使用，但整修过后的格局则活像是以备不时之需的避难所。

厕所自不待言，就连淋浴间也不缺。虽然设备简单，但也设有厨房。

隔间为两室一厨一厅。

当然还是绝对不想被监禁在这种地方，但是只要有水和食物，应该可以暂时住上一段时间，不过顶多也是“一段时间”。

传闻有专家指出，若长期生活在与外界隔绝的环境下，精神会变得不太正常，被害人横村铳儿又是如何呢？听说他会把所有拿到手的物品都乱扔一通，一有不顺心的事就大吵大闹，有时还会鬼哭狼嚎，是非常难伺候的暴力分子，住在这种地方，想想也知道情况只会恶化，不可能变好。

“简直像是打翻的玩具箱呢。”

相较于视其为避难所的百道滨警部，今日子小姐对乱七八糟的地下室似乎是这种印象。

的确，乱到就连立足之地也没有。

“这是行凶过后的痕迹吗？还是平常就这么乱？”

“好像……平常就这么乱喔。在发现尸体之前，那家人还以为次子被‘绑架’了，手忙脚乱地寻找了一番。发现尸体之后，又以为凶手可能还躲在哪里，再把可以躲人的角落都搜了一遍，所以凌乱的状态多少和‘平常’有些出入吧。”

据说钥匙卡就是在乱成这样的房间里找到的。会不会是横村家的哪个人破门而入之时，趁乱拿出口袋里的钥匙卡假装发现？

虽然这是就连我也知道，比什么瞬间杀人都还常见的诡计，不过，也不用因此故意把房间弄乱。

这是被害人不懂得整理环境的生活态度表征，又或者是主张纵然监禁被害人，但是仍对被害人照顾得无微不至的家人们在证词上的破绽。

“唉……”

今日子小姐装模作样地叹气——该说像是正在伤脑筋吗，总之是有些忧郁的模样。

“……”

怎么了，真不像她。

过去无论百道滨警部如何百般试探，始终稳如泰山，宛如戴着面具，笑容可掬的忘却侦探，到了这一刻，脸上竟突然浮现倦怠的表情。

因为实际走访案发现场而感到心情沉重吗？想想也知道这是不可能的。都能说出“真像是打翻的玩具箱”这种浪漫的感想了，显然不是这样。

那究竟是何事让今日子小姐忍不住叹息呢？

“那个……今日子小姐，你怎么……”

“百道滨警部，您最讨厌我吧？”

正当他忧心忡忡地要提问时，却先被问了这个问题。今日子小姐抬起头来，直勾勾地盯着他看。

出其不意地被这么一问，而且还是相当直截了当的询问，令百道滨警部惊慌失措，只得六神无主地找借口。

“呃，不，绝不是讨厌，当然也不是最讨厌——”

借口，一听就知道是借口。

一路上表现出那么不自然的态度，事到如今还想狡辩什么。但也不觉得在此强调不是“讨厌”而是“害怕”以正视听会有什么意义。

光是突然给她看被钉死在床上的尸体照片，就足以证明百道滨警部的恶意了。虽然他其实没有丝毫恶意，但这么说也于事无补。

今日子小姐为何会在此时提出这个问题呢？真是令人不解。明明过去四次一起办案时，肯定也感受到百道滨警部冷淡疏远的态度——其实是“提心吊胆的举动”——却一次也没有追究过。

为何这次偏要追究呢？

比起建立人际关系，忘却侦探不是应该要以破案为优先吗？

今日子小姐收起笑容，等着百道滨警部回答，表情十分平静，不经意流露出的忧郁气息已消失殆尽。他还以为是自己看错了。

结果想了半天，百道滨警部还是想不出该怎么巧妙闪避这样的正面攻击，只好用问题回答问题。

“怎、怎么会这么问呢？这……这跟命案有什么关系吗？我是不是害怕……讨厌你，对你来说……对侦探来说并不重要吧？”

这个反问几乎等于承认，但百道滨警部已经尽力了。

“不，怎么会不重要。为了破案，一定得确认这点才行。而我现在也得到想要的答案了。心领神会了。”今日子小姐说道。

完全听不懂她在说什么。

百道滨警部讨不讨厌今日子小姐，为何会与破案有关呢？

“这当然是因为掟上今日子是侦探嘛。侦探就是要刺探不想被曝光的秘密，探究不想被知道的事情。我很清楚讨人厌也是工作的一部分。其实被讨厌我也不在乎，啊哈哈。反正到了明天就会忘记。”

“……”

完全不会因为被人讨厌而感到有压力，还真是令人羡慕——这点倒不令人害怕，而是真的羡慕。

“不同于推理小说的世界，当顺利破案时，名侦探往往不会得到类似‘明智先生*，万岁’的欢呼。而且就这次的案子而言，如果百道滨警部不讨厌我的话，我会很伤脑筋的。”

“伤、伤脑筋……我不讨厌你的话？”

愈听愈迷糊了。

正当百道滨警部藏不住被看穿心思的困惑之时。

“因为，如果不是因为讨厌我，就不会拿这次的案子来委托

* 明智小五郎是日本推理小说作家江户川乱步《怪人十二面相》中登场的侦探。——译者注

我的事务所了。换句话说，如果不是被对侦探的厌恶蒙蔽了双眼，身为警官的你不可能无法解决这么显而易见的命案。”今日子小姐说道。

“显……显而易见的命案？”

她在说什么？

要假设是因为喜欢才委托她还可以理解，居然说是因为讨厌才委托她才比较合情合理。这到底是什么逻辑？

“就是显而易见的命案。警方当然不用说，即使不是专家，也能轻易破案，极为简单又显而易见的命案，只不过，太惨无人道了。惨到令人不想破案，惨到令人不想去理解。因此，您才来委托我这个讨厌的侦探，想借由讨厌的我去破案。要是不去相信您对我有意见，这里用的诡计根本单纯到令人难以置信。”

今日子小姐边说边在室内四处走动，然后走到被害人横村铳儿被刺穿钉死的床边，停下脚步。

接着她轻轻地把手放在床架上。

“呃……那、那么今日子小姐是说，你想通凶手用的诡计了吗？”

踏进现场不到五分钟？不，这种速度对于最快的侦探而言，绝不是什么稀奇的事，然而，今日子小姐却连连摇了摇头。

“其实在来这里的路上，百道滨警部在警车上给我看照片时，我就已经明白凶手的诡计了，一目了然。”

“一目了然……”

“是的。并非百闻不如一见，而是一目了然。”

“……”

所以她才会从那时开始沉默不语吗？并非解开密室之谜，而是因为已经进入探讨真相的阶段？

只是，在抵达现场以前，光凭那张根本看不到房屋全景的尸体照片，就看穿密室的诡计也未免太可怕了。

“那是任何人都能明白的诡计。我后来是在车上思考‘为何百道滨警部不自己解决’这起一目了然的案子。如果这是为了把解决篇推到我头上，一切就说得通了。”

要用这种莫名其妙的理由自圆其说，百道滨警部也不知该说什么才好。

单就“聪明”而言，百道滨警部认为自己与今日子小姐并没有太大的差别，为何自己无法侦破的案子，今日子小姐却能侦破呢？

今日子小姐在车上思考的问题，同时也是长久以来困扰着百道滨警部的疑问。

可是，若说那个理由是我“打算把解决篇推给今日子小姐”，又是什么意思呢……

虽然百道滨警部认为即使是组织外的人才，警方也不该在寻求其协助时感到犹豫，但是身为警察，若能靠自己破案，当然更好。

可是百道滨警部还没来得及从混乱中振作起来，最快的侦探已经迅速进入“解决篇”了。

“使用卡片锁形成的密室。门是铁门，没有窗户。从前一天晚上到第二天早上，包括被视为嫌疑人的一家三口在内，没有任何人入侵地下室的痕迹，然而死亡推定时间却是半夜。破门而入时，铁门遭到物理性的破坏，发现被钉死在床上的尸体——我用自己的方式整理了一下本案的概要，还有其他要补充的吗？”

“没、没有。”

把自己在车上说得支离破碎的案情整理得这么简明扼要，身为委托人真是自惭形秽。

“一开始怀疑是瞬间杀人的手法，趁着破门而入时的混乱，刺死躺在床上的被害人，但是从死亡推定时间来看，那是不可能的，于是结论就只有一个。”

她都说到这里了，百道滨警部依然一点概念也没有，他的疑惑不仅没有得到解答，反而更茫然不解。

“请别那么谦虚，因为百道滨警部其实早就抓到重点了。您刚才不是说过吗？关于发现钥匙卡的来龙去脉。您说在房间里发现的钥匙卡可能并不是凶手故意把卡锁在房里，而或许是发现有异常、破门而入之时，三名嫌疑人中的其中一人趁乱偷偷放在房间里也说不定。”

我说过——不，并没有，我只是想到而已。

只是被她看穿了。

这种连推理都称不上的初级猜想，到底能代表什么？

“关于钥匙卡的遗失及发现的真相，事实上的确还有好几种可能性，可是，您不觉得也能把这个诡计的核心思维直接套用在行凶手法上吗？”

“套用——”

“凶手不是在密室里刺杀被害人，而是在密室外刺杀被害人，时间则是半夜。然后再趁破门而入之时，假装搜索被害人或凶手，将尸体连同凶器布置在床上。之所以选择刺杀这种杀人手法，也是为了让人误认是在这张床上行凶吧。”今日子小姐说道。

“之后再把尸体放回密室里吗？”

如同把最新型的锁加装在古老的地下室门上——

“也……也就是说，凶手是最后见到被害人的人，横村铳儿的母亲吗？去收拾晚饭时，同时将被害人带出来，在自己的房间或其他地方动手杀害的吗？”

“就是这么回事。恐怕是单独犯案，因为若是三个人串通，应该能更不着痕迹地蒙混过去，根本不需要使出这种宛如走钢索般的诡计。”

“可……可是，要怎么在不被其他两个人发现的情况下，将一个人的尸体搬进密室里……”

“哎，这不是很简单吗？简单到显而易见。只不过……”

今日子小姐说完，把手从床架上——婴儿床的床架上——移开。

“只不过……实在是太惨无人道了。”

8

只要了解到这一点，根本没什么了不起的——这句话听起来像是推理小说的惯用句，但是就这次的案子来说，根本在了解到这一点之前，就没什么了不起的。百道滨警部痛感案情之单纯。

单纯到近乎屈辱。

绝对不可能有其他的解答，问题只在于心理上能否接受这么单纯却又惨无人道的现实。

惨无人道的现实。

与此同时，也是不足为奇的现实。

发起疯来谁也控制不住，一有不顺心的事就大吵大闹，根本无法沟通，凡事都需要别人照顾的人呢，亦即刚出生的小婴儿，疲于育婴的父母，被逼到忍耐极限而动手铸下的悲剧，在世界各地屡见不鲜。

多到令人无法直视。

这是令人不忍卒睹的现实。

现实生活中的命案并不如推理小说般具有娱乐效果，一切尽皆悲剧。他想这样对忘却侦探说，但是无法直视悲剧的人，其实是百道滨警部。

或许在他心底真有“借由把破案交给所谓的名侦探这种几乎等同于虚构、架空的存在，直接把那种悲剧娱乐化”的算计——不，终究是推卸责任，将解决篇推给自己以外的人。

让对方代为说出难以启齿，就连提都不愿意提的真相。

“光是听百道滨警部的说明，使得我对于被害人横村铳儿产生‘明明已经老大不小却游手好闲，生活起居靠父母照顾就罢了，还对家人乱发脾气’的印象，连思考也陷入了混乱，但是在看到命案现场照片的瞬间，一切都昭然若揭。”

今日子小姐说明她推理的来龙去脉——她所谓“比想象中多花了点时间的来龙去脉”。

命案现场，被钉死在床上的被害人照片——亦是被钉死在婴儿床上的婴儿照片。

已经不是“令人无法直视”的图像，根本是地狱变相图。

你认为这样的小婴儿会以这种方式自杀吗?

百道滨警部原本是想对名侦探——像是要网罗所有可能性般，连自杀的可能性都不放过的名侦探——这么说。不过实在是说不出口，于是才拿照片给她看。

明明今日子小姐即使突然看到那张照片时也没有任何反应，但或许就在同时，那张照片也让她彻底厘清了真相。

厘清了百道滨警部的语焉不详。

另一方面，“陷入了混乱”也是事实吧，不管是他在那之前的不对劲，还是他在那之后的不对劲。

因为产生了必须厘清究竟是什么原因，使得百道滨警部明知被害人是连“儿童”都还称不上的婴儿，却探索不到真相。

而原因就出在那张凄惨的尸体照片，不仅使得百道滨警部无法直视命案的真相，还促使他把调查工作全扔给置手纸侦探事务所——把解决篇推给侦探，把面对真相的任务交给别人。

不想深入探究家庭内的问题，想与令人同情的人们保持距离，不想让人以为自己是会推理出这个残酷真相的，没有人情味的人。

想当个有感情的人。试图让“最讨厌”的忘却侦探代为说出自己不想说的真相——厘清这点的瞬间，对今日子小姐而言，谜底全都解开了。

话说回来，百道滨警部并不觉得自己是基于这么恶毒的想法而委托她。若这样凡事都往坏的方向解释，实在是误会大了，真的必须向她解释清楚。

只是，如果仅因为今日子小姐没有人情味到令人感觉恐惧的地步，又是个调查时有条不紊的最快侦探，就妄自认定她在不管面对多么惨无人道的命案、多么惨无人道的真相时都能不放在心上，倒是无从否认。

“请让我补充一些细节……就算是小婴儿，要在不让其他两个人发现的情况下偷放进现场，也不是一件容易的事。因此，深夜动手行凶后，先把尸体藏在别屋的某处，之后假装去找让父亲和长子用来破坏铁门的工具时，再到‘那边’取出尸体，藏在衣服里——当然，衣服会不自然地隆起，而且还要把刺穿心脏的利刃也偷塞进去才行。不过，因为她站在拼命破坏铁门的男士们身后，就不会被注意到了。”

不，有没有被注意到其实很难说，虽说难度比将大人的尸体偷放进去低很多，依旧是要藏起人类的身体——不，不是身体，是尸体。

不会说话的尸体，不会大吵大闹，也不会失去控制的尸体。

听说也有人从怀孕到生产，周围的人都没发现她怀孕，可见每个女人的情况不一样，但就算当场蒙混过去，后来也会被发现吧。

虽然结果看来一切得以按照计划进行，也真的称不上是巧妙的诡计——选择在前去收拾晚饭时趁孩子睡着带出来，万一在动手前孩子醒来，大吵大闹的话，整个计划就付诸东流了。

或许付诸东流才好，或许那才是她期待的结果。因为漏洞实在太多，如此粗糙的诡计到什么时候东窗事发都不奇怪。

一如今日子小姐形容的走钢索。

若是这样，父亲与长子即便不是共犯，可能也袒护了母亲——为了照顾上了年纪才生下的次子而退休的父亲、自己能够活得好好的被养到这么大的长子，会不忍心再苛责母亲也并不奇怪。

从平时就把自己的亲骨肉关在地下室，采取近乎监禁的方式加以虐待的情况看来，母亲应该是陷入了严重育儿焦虑的状态。既然如此，就无法单纯地一口咬定她没有值得同情的余地。

但这些只是曾经直接与横村一家人接触过的百道滨警部的个人感想。这件事一旦公之于世，横村铳儿的母亲定会被报道成不仅没有好好照顾小孩，而且不是因为一时冲动，是基于“缜密的计划”将亲生儿子钉死在床上的妖怪母亲吧，会受到“怀有相同的烦恼及痛苦，却还是好好地照顾小孩的母亲大有人在”这类人的舆论攻击吧。

“好了，接下来就交给您了，百道滨警部。不送我回家也没关系。今天真是麻烦您了。下次委托我的时候，请务必让我乘坐真正的警车喔。”

“解决篇”一结束，忘却侦探便马上匆匆回家了，大概是误以为百道滨警部真的讨厌她吧。不过，说不定那种归心似箭的态度，其实是来自想用最快的速度回到安全无虞的家兼事务所，好好地睡上一觉的心情。

用最快的速度。

说不定是来自想要快点忘了案情及照片的心情。

被外表所骗，至今仍期待她具备那般人情味的自己，肯定是蠢到不能再蠢吧。然而，倘若今日子小姐是为了扮演好侦探的角色——扮演好名侦探的角色，刻意在办案时拼命压抑那股柔软情绪的话。

倘若是她自己把人性监禁在密室里。

只能说，再也没有比这个更可怕的实验结果了。

第四章 掟上今日子的笔迹鉴定

1

游佐下警部完全辜负他姓氏的第一个字，是个满脑子只有工作的男人。因此对于同样以“游”字开头的设施，比如游乐园这种地方，已经到了说是这辈子从没来过也不夸张的地步。他甚至把这里视为不适合自己的地方，从十几岁起就刻意绕道而行。

因此，这次由于工作需要——亦即命案的调查需要，不得不来到当地最大的游乐园办案，实在令他提不起劲来。

更别说还要和那位忘却侦探相约，还得在相当于游乐园地标的巨大摩天轮前等她会合。

“初次见面，我是侦探掟上今日子……让您久等……久等……了……咦？这、这个，我是……”

比约定好的时间还早出现在指定场所的白发侦探，认出比她更早到的游佐下警部时，仿佛看到凭空消失之类的不可能犯罪似的，错愕不已。

脸色苍白到丝毫不比白发逊色。

法兰绒衬衫搭七分喇叭牛仔裤和球鞋这种方便活动的服装非常适合游乐园，但是看到今日子小姐脸上的一副错愕表情，游佐下警部已经无暇留意她那身打扮。

完蛋了。

不小心犯下与忘却侦探共事时的两大禁忌之一——两大禁忌中比较有名的是“今日子小姐的记忆每天都会重置”，也使她成了世上少有的能够严格保守秘密的侦探。所以就算过去曾经一起调查过，再次见面时，每每也必须假装“初次见面”，但除此之外，还有一个意外不为人知的禁忌——不能比今日子小姐还早抵达相约的地点。

或该说“故意迟到”是不可或缺的礼貌。

当然也视时间及场合而异，但是如果看到有人比自己更快采取行动，今日子小姐就会惊慌失措或不高兴，严重时据说甚至还会显露敌意。

“呵、呵呵。居然比最快的侦探更早来到现场，真是了不起。是想表示如果我是最快的侦探，你就是最快的刑警吗？”

只见她径自燃起熊熊的对抗意识。

看样子，今天似乎是“严重时”。

不，他压根儿也没有要自诩为“最快刑警”的意思，只因为是造访不熟悉的游乐园，生怕有什么不周到的地方，为求谨慎起见，提早过来而已，绝对没有要跟今日子小姐比速度的意思。

刚见面你就笑得那么尴尬我也很头痛。游佐下警部其实是一名以“小心驶得万年船”的态度办案的刑警，甚至还有同事取笑他的迟钝。

正当他想着该怎么挽救这个“初次见面”的“第一印象”，是不是先道个歉比较好时。

算了，就这样吧！

游佐下警部决定换个角度想，也可以说是死了心。

反正这次恰好希望她能将对“最快”的执着发挥到淋漓尽致，所以才会请到和我的办案风格着实合不来的忘却侦探过来呀。

“无妨，我接受你的挑战。”

虽然希望她接受的是委托而不是挑战，但游佐下警部也只好先配合。

“还请多多指教。”

2

“呃——首先，请容我指正一下，这座游乐园并不是案发现场。”

两人先离开摩天轮，在园内的咖啡座坐下后，游佐下警部开口这么说。今日子小姐仿佛借酒浇愁似的，啜饮着都快从纸杯里满出来的大杯黑咖啡。

“不是命案现场？”她侧着头反问，“所以是游佐下警部欺骗了我吗？”

敌意真的太强烈了。

如果是迟到惹她生气就算了，为什么会因为比约定的时间早到而把她气成这样啊。明明那杯大杯咖啡也是游佐下警部请她喝的。不过话说回来，大杯的黑咖啡，光看看就令人恶心反胃。

“不惜欺骗我也要得到最快的威名……速度之王真不是浪得虚名呢，游佐下警部。”

并没有人称他为速度之王。

倒是有人说他迟钝。

这么不光荣的绰号，纵使今日子小姐明天就会忘记，游佐下警部也没打算特地告诉她。

“案发现场在别的地方。不用说，是杀人案。”

“嗯哼。”

眼镜下满面僵笑的今日子小姐微微正色，这点倒是够专业。可以的话，希望她就这样忘记速度之王的事。

“请想象命案是发生在离这座游乐园有一段距离的地方，有个人杀了另一个人。”

“讲得还真隐晦呢。有一段距离的地方？有个人杀了另一个人？说得再具体一点也没关系啊。你可能忘记了，我可是忘却侦探。”

这个他知道。

无论告诉她什么机密，明天都会忘得一干二净，几乎不用担心会泄漏情报，正因为如此，置手纸侦探事务所才会一直是警方御用的侦探事务所。

然而，就算是这样，将“小心驶得万年船”奉为圭臬的游佐下警部也不会因为她“反正之后都会忘掉”就大嘴巴地什么都讲。无论如何，都应该把告诉外人的情报控制在最小范围内。

因为“几乎不用担心”会泄漏情报，也还是等于“有一点点担心”。

不能掉以轻心。

这也是人家说他“迟钝”的由来，也因此与忘却侦探合不来。

不过，今日子小姐已经忘了过去的“合不来”。

“啊哈哈。算了，这也是一种见解呢。”

反而接受了他的说法。

“不过，一旦限制可以取得的情报，想当然，必然会影响到工作的成果……不知道我能不能好好地帮上忙。”

“呃，如果是必要的情报，我当然会知无不言。因为我这次希望今日子小姐发挥的并不是忘却侦探的能力，而是最快侦探的能力。”

“原来如此，最快的刑警想跟最快的侦探较量啊。”

已经说了他不是最快的刑警了。

真希望她能忘掉这种竞争心理。

“是有什么必须尽快破案的原因吗？例如时效快到了？”

“杀人案的时效最近已经废止了。”

“哎呀，是这样吗？这还真是世事无常呢！”

用有无时效制度来判断世事无常，实在是令游佐下警部满脸不解，但这并不重要，破案并非燃眉之急——不，若能快点解决当然是件好事，只是比起欲速则不达，游佐下警部更崇尚慢工出细活。

既然如此，又是什么原因，会让他去请到只有在紧急情况下才会找来的掟上今日子协助调查呢？

“几乎已经确定那起命案的嫌疑人了，就称其为 A 嫌好了。”

“我明白了，A 嫌是吧。在游乐园用代号交谈，仿佛回到十几岁的时候。”今日子小姐笑逐颜开地说道。记忆会重置的忘却侦探也记得十几岁的事吗？

即使是在今日子小姐十几岁的时候，也已经没有人在用代号交谈了吧，再说 A 这个字母，其实也不是嫌疑人的姓名缩写。

“可是 A 嫌杀害 A 被害人的现场并不是这座游乐园对吧？”

“没错。”

游佐下警部对今日子小姐的确认表示同意——连被害人也用 A 来代称，听起来很容易混淆，不过就算了。只是如果连命案现场都用 A 现场来代称的话，就要阻止她了。

“我个人认为 A 嫌就是凶手，不会错的。因为有很多证据都显示那个男的——或是那个女的就是杀人凶手。”

为了模糊性别，用了“男的或是女的”来表述，但这种说法或许真的太模糊了，让今日子小姐也愣了一下。即使是“初次见面”，她可能也已经开始感觉到彼此合不来了。

“可是A嫌否认涉案，坚称自己有不在场证明。所以警方也不能无视其主张。”

“不在场证明吗？”

“是的。A嫌说自己在案发时刻，正在这座游乐园里玩。”

听游佐下警部这么一说，今日子小姐转身将周围看了一圈。因为是工作日的白天，人还没有多到会让人动弹不得的地步，但游客依旧如织。

“嗯。所以才会约在这里吗？所以才会比我早到吗？”

不，游佐下警部之所以早到，纯粹是因为对这里不熟。

与其说是不熟悉，不如说是不情愿。

摸着良心说，他只想赶快离开这种热闹的地方。不过若把这种真心话说出来，可能又会遭到最快的侦探“连离开都要比快”的谴责。

“换言之，这次的委托内容是不在场证明的确认。说得更具体一点，是要我确认有没有制造不在场证明的可能性，亦即推翻不在场证明吗？”

“大致是那样没错。”

游佐下警部说道。

他的策略是借由称赞今日子小姐的理解速度，来稍微缓解一下她对于速度的竞争心理。

“‘大致是那样没错’，就表示还有些许出入喽？”

却被紧咬着不放。

这或许也是故意搞的鬼。

比上次更难相处。

“呃，抱歉，说得更准确些，希望今日子小姐挑战的并不是推翻不在场证明，而是逃脱游戏。”

“逃脱游戏？”

“是现今游乐园必备的活动设施。希望今日子小姐能够用最快的速度解谜过关。”

3

虽然乘势说出“游乐园必备”这种形容，但游佐下警部直到负责侦办这起命案之前，孤陋寡闻到根本不知道全国各地都在办这种活动。

似乎是最近才流行起来的风潮。

既然是最近才流行起来的风潮，就表示忘却侦探应该也不清楚，因此需要稍微说明一下。

话虽如此，但这一类的解谜活动和那种会有名侦探出现的推理小说非常合得来。至少比游佐下警部和今日子小姐合得来。

“原来如此，原来如此。”

身为忘却侦探的名侦探没花多少时间，就理解了在游佐下警部眼中非常不可思议的“游戏”。

“拼图、暗号……密室或封闭空间，寻找逃脱需要的道具，就跟搜证差不了多少，的确是很适合名侦探的活动呢。”

“……呃，不过请记住，这终究只是游乐设施中的娱乐活动喔。”

要是对逃脱游戏本身太热衷，忘了调查活动原本的主旨可就不妙了，所以游佐下警部刻意说了些会让今日子小姐扫兴的话。实际上，听说正统派逃脱游戏真的很本格，但是对着推理小说的书迷说出“本格”这种话，只会让主题更偏，所以游佐下警部决定不多加赘述。

“A 嫌供述自己在案发当时，正在参加这座游乐园举办的逃脱游戏。换句话说，A 嫌坚称一旦参加这个游戏，就无法在案发时刻杀人。”

“嗯哼。还真是铁铮铮的不在场证明呢。对了，A 嫌是独自参加这个活动的吗？我的意思是说，有朋友或恋人能为 A 嫌的不在场证明作证吗？”

“没有，A 嫌是一个人参加的。”

“一个人来游乐园玩啊……算了，倒也不是什么稀奇的事。”

“是的。”

虽说甚至没跟一群人来游乐园玩过的游佐下警部也不太能理解一个人来有什么好玩的。

“尤其A嫌好像是这种解谜游戏的爱好者。听说有很多游戏需要团队合作，必须组队通关，届时会与初次见面的玩家当场组队，进行挑战……”

“嗯哼。听起来好好玩。与初次见面的人合作无间、解决难题，有时也会成为美好的邂逅。就像我现在做的事呢。”

只可惜无法成为美好的邂逅。

比她早到约好的地点有这么罪大恶极吗？

“倘若A嫌并非基于兴趣参加，而是为了制造不在场证明才利用这个游戏活动，说是不可饶恕的侮辱也不为过吧。”

是名侦探与解谜游戏产生共鸣吗？都还没教她要怎么玩，今日子小姐就说出这种话来。也罢，游佐下警部对这股热情求之不得。毕竟根据名侦探的人物个性，对这样的委托内容，即使来句“我只对现实的命案感兴趣，至于虚构的谜题，我一点兴趣也没有”也是不奇怪的。

今日子小姐不是那种性格扭曲的名侦探真是太好了。

“可是游佐下警部，单纯地解释，如果案发时刻有不在场证明，A嫌就不是凶手啦？”

“没错。A 嫌若真的不是凶手，警方也不会硬拗。因此需要用最快的速度搞清楚这一点，要是不在场证明真的成立，就必须改变侦办方向。”

“用最快的速度，是吗？真不愧是最快的刑警。”今日子小姐另有所指地说。虽然她的性格不算扭曲，但是情绪表达却非常直接。

世间事总是有长有短。

“但目前仍有推翻不在场证明的余地。因为花在逃脱游戏上的时间因人而异，即所谓攻略时间。”

“是指竞速赛……或是真实时间竞速吗？”

所谓真实时间竞速，应该是电子游戏玩家世界的用语，但是用在这里，倒也不算离题。或该说游佐下警部正是希望今日子小姐挑战最短的攻略时间，才请她来这座游乐园的。

“A 嫌的不在场证明之所以能暂时成立，是因为这里举办的密室逃脱游戏目前的平均通关时间约两小时。也就是说，玩家一旦参加逃脱游戏，就会有大约两个小时的时间被拘束在这座游乐园里。”

“高速？”

名侦探的双眼闪闪发光。

为这种事发出闪光也只是徒增困扰。

“是拘束。限制自由行动。”

“哎呀，是这样吗？我会错意了呢。谁叫我是最快的侦探。”

不要装可爱。

“可是，你说是‘平均’对吧？或说是‘大约’？换句话说，凭玩家的本事，也可以比两个小时还早通关吗？”

“没错。相反，也可能花上比两个小时更久的时间才通关，甚至有人怎么样都通不了关，直到游乐园关门为止。”

不过，实际上也没有多少人会一直撑到游乐园关门，多半会选择中途弃权吧。所谓平均两小时的时间，顶多也只是把通关者的记录加起来计算的平均值。通关率本身应该相当低。

“这样啊，光是要通关就很困难了。A 嫌通关了吗？”

“嗯。本人供称一个半小时就通关了。”

“真了不起，比平均攻略时间还快得多呢，难怪敢自诩为逃脱游戏迷。但是这种情况，太早通关对 A 嫌而言绝不是件好事吧？因为那样可能会让自己的不在场证明不成立。”

“没错。不过，如果是本人供称的一个半小时通关时间，不在场证明还是可以成立的。考虑到从这座游乐园到案发现场所需的移动时间，必须在一小时以内通关才有办法办到。”

“一小时以内。”

今日子小姐面色凝重地点了点头，貌似已经参透委托内容。

但游佐下警部还是决定把一切解释个明白——谨慎小心至极，

完全不是最快的刑警该有的风范。

“可是 A 嫌以参加过游戏的玩家身份，坚持说别说是一小时以内，就连要在不到一个半小时的时间内通关都是不可能的事，所以主张自己的不在场证明坚若磐石。因此，还请身为最快的侦探的今日子小姐……”

请你在一个小时之内，战胜这座游乐园的逃脱游戏。

4

严格说来，就算无法推翻 A 嫌主张“当时正在参加逃脱游戏”的不在场证明，本案也不见得就无法立案。

其实 A 嫌已经被捕，只是游佐下警部不希望因此被今日子小姐认为本案没有急迫性，所以没有告诉她，虽然 A 嫌主张自己有不在场证明，但由于该不在场证明并没有其他证人，所以要直接起诉也不是一件多么困难的事。

尽管如此，游佐下警部却迟迟不将 A 嫌送检，反而委托忘却侦探推翻不在场证明，无非是基于他迟钝——不对，是慎重的性格。

毕竟 A 嫌始终否认涉案，万一进入司法阶段时又出现没见过的证人或新的证据，情况就糟了。

如果要立案，就不能有一丝一毫的漏洞。

不能让凶手有任何狡辩的余地。

他并不是承受不起犯法的人“都怪那家伙的侦办太草率”之类的怨恨，也不是顾虑“明明感觉有点不太对劲但还是算了”就被随便立案的嫌疑人立场，他只是单纯无论面对什么样的案子、有什么不对劲的感觉，都不想掉以轻心。

要是他有那个“资格”，游佐下警部就会自己挑战逃脱游戏，但是很遗憾，他实在对游乐园欠缺认知。不仅如此，游佐下警部在审查 A 嫌主张的不在场证明时，已经获知逃脱游戏的内容了。

也就是被“剧透”了。

在这种状态下挑战，当然能在一个小时内通关，但这样根本证明不了什么，更遑论推翻不在场证明了。无论如何都得在没有任何预备知识的状态下参加，证明可以在一个小时内“逃脱”才行。

可是，这其实还挺困难的。

不，挑战解谜逃脱本身并不难，难在要满足“不知游戏内容详情”的先决条件。毕竟是在大型游乐园里举行的热门游戏活动，多的时候一天有数千人参加，虽说不泄漏游戏内容是身为参加者最基本的常识，但是身在现代社会，要完全保密是不可能的。

游佐下警部的部下里也绝非没有很会玩这种解谜活动的人，但是就算那名部下能在一小时以内通关，也难逃“反正你一定是早就上网查过，事先知道答案才去挑战的吧”的质疑。

要是警官被嫌疑人怀疑可怎么办才好？就算不是直接的答案，事实上在调查时无意间会预习各个环节的游佐下警部，确实无法忽略那个可能性。

这时，忘却侦探便雀屏中选了。

若是每天都会重置记忆的忘却侦探，就不用担心预习或剧透的问题。

说得极端一点，就算她昨天参加过这座游乐园的逃脱游戏通关，但“今天的今日子小姐”别说是活动内容，就连自己曾参加过也不记得。

完全是一张白纸的状态。

因此，倘若今日子小姐接下来挑战那个逃脱游戏，并能创下足以推翻不在场证明的时间，这么一来，就能同时确定 A 嫌的犯罪行为。

至少在时刻表上如此。

届时或许会产生另一种完全相反的看法——A 嫌真能创下与最快的侦探相同的通关时间吗？不过，游佐下警部认为对于逃脱游戏固然是门外汉，但身为推理迷的名侦探，和逃脱游戏迷 A 嫌在条件上几乎是相同的。

会成为一场精彩的胜负赛吧。

当然，如果今日子小姐输了的话，他会很伤脑筋。

“原来如此……让我在没有任何预备知识的状态下挑战解谜活动，所花费的攻略时间即代表‘理论上通关所需最短时间’喽。反过来说，万一我花了一个半小时以上才通关，就能证明理论上无法比一个半小时更快通关。不过考虑到还有其他证据，也不会因此当场证明A嫌清白就是了。”

真是了不起的自信。

然而，单就游佐下警部调查的结果来看，目前这个逃脱游戏的最短攻略时间纪录好像仍是一个半小时左右。当然，网络上也有夸口说“自己二十分钟就通关”的人，可惜欠缺可信度。

或许A嫌就是知道这点，才坚持一个半小时这个数字，所以无论如何都希望今日子小姐能打破这个“纪录”。

“了解。包在我身上。不过，既然如此，挑战游戏时还请游佐下警部全程陪同。因为还是必须有人睁大眼睛，监视我有没有为了追求速度而做出不当的作弊行为。”

“好、好的。”

说得再极端一点，只要能创下一个小时以内通关的记录，有没有作弊都无所谓，但是这种话一说出口，大概会打击最快侦探的士气。另一方面，既然要与她同行，游佐下警部就得小心别给她任何提示才行。

完全没有团队合作的趣味，真令人遗憾。

“那么，出发前请让我确认几件事。假设A嫌真的参加了这座游乐园的逃脱游戏，但只要A嫌在一个小时内通关，不在场证明就不成立——是这么回事吧？那么……如果A嫌有作弊的余地，就算是一个半小时也不足采信呀！”

“嗯……你这句话的意思是？”

“我的意思是，如果是像游佐下警部那样，事先经过调查才来挑战逃脱游戏，不是也能让通关时间比理论值更短吗？不，姑且不论是否真的这么做了……如果有任谁都能最快在一个小时以内通关的作弊方法，根本轮不到我来挑战，A嫌的不在场证明早就不成立了不是吗？”

“啊……是的。不好意思，是我说明得不够清楚，不小心跳过了。”

“为了追求最快的速度而跳过吗？”

“不，我压根儿没有这个意思……当初我们也认为有作弊的可能性，想借此推翻A嫌的不在场证明，但A嫌矢口否认，说绝对没有那回事。”

“被否认涉案的嫌疑人矢口否认，就成了双重否定啊。”

“并没有双重否定……A嫌自称逃脱游戏迷，所以早在这个逃脱游戏开始的第一天，而且还是一开园就来这座游乐园玩了。也就是所谓的‘首场玩家’，是在对游戏内容一无所知的状态下进行挑战，就这层意义来说，与‘今天的今日子小姐’几乎是站在同一起跑线。”

当然，即便如此也无法完全排除事先得到情报的可能性，只要与游乐园的员工、游戏活动的主办单位串通，也并非不能在第一天以前掌握内容。

“嗯哼。有道理，就像推理小说迷与推理作家有所交流，如果是逃脱游戏迷，就算有相关人士的门路也不稀奇呢。可是，倘若A嫌是为了制造不在场证明，才故意第一天来当首场玩家，我认为先暂定为‘没有走后门’比较适当。”

“是……关于这点我也持相同意见，但今日子小姐为何会这么想？”

游佐下警部之所以这么想，是由于他认为若真的是逃脱游戏迷，才更不会想先知道内容。换成今日子小姐举的例子，相当于推理小说迷再怎么与推理作家有私交，应该也不会想先知道小说结局。不过话说回来，这种想法其实有“为了制造不在场证明，会做出平常不做的事”的漏洞……

“这点站在A嫌的立场来想便能一目了然。门路……假如真的有特别的人脉，但只要彼此的关系一曝光就会功亏一篑的话，一般是不会想用于制造不在场证明的。毕竟那些人际关系终究不是为了这次的杀人，而是平常基于对逃脱游戏的兴趣才建立的。应该很难做到天衣无缝。”今日子小姐如是说。这也不过是一种假设，然而虽是纸上谈兵，但似乎比游佐下警部的立论根据可靠多了。

A 嫌也不可能只为了这次杀人而从很早以前就泡在逃脱游戏世界。

“请问还有其他问题吗？今日子小姐。”

“嗯……老实说，还有几件想确认的事，可以的话，也想听听案件的细节，但是再说下去的话，可能会不小心提及游戏内容。时间正好，就先到此为止吧。”

与其说是对话刚好告一段落，不如说她刚好喝完手上的大杯黑咖啡，今日子小姐将空杯放在桌上，站起身来。

“那么，接下来就用最快的速度来解决，以最快的速度逃脱吧。”今日子小姐露出挑衅的笑容说道。

唉，都说了，挑衅我也没用啊。

5

为了让对于逃脱游戏一无所知的今日子小姐也能轻松明白，至今一直是用“逃脱游戏”这个广义的词汇来说明，但是准确地说，这座游乐园所举行的解谜游戏活动其实名为“贝克街的追缉令”，因此，应该说是“追捕游戏”比较准确。

副标题是“来自教授的留言”。

设定上，玩家是贝克街侦缉分队的一员，身负追捕任务，而追捕对象则是夏洛克·福尔摩斯的宿敌——莫里亚蒂教授。

扮演的不是名侦探固然有点可惜，但是让现实中的名侦探掟上今日子来挑战，可以说是再适合不过的了。准确地说，顺序是先看到是这种设定，或是说因为看到“留言”这个关键词而联想到她手上的备忘录，游佐下警部才想到要委托忘却侦探来协助。

将游乐园的一隅打造成贝克街，游戏故事则是在夏洛克·福尔摩斯与华生一起住的公寓三楼揭开序幕。

为了解谜游戏，重现一整条街道，还盖了一栋楼房，这究竟是大手笔，还是疯狂呢?

要说的话，大概是疯狂吧。

或许游乐园本来就是这样的设施。

“原来如此。这次是把这个角落打造成贝克街，但设定则可以随着举办的活动不同来调整变更呢。这栋楼也是，这次打造成福尔摩斯的事务所，下次也可以打造成豪宅或学校。嗯哼嗯哼，真有意思。”

今日子小姐看起来很佩服的样子。

不，甚至可以说是乐在其中。

实际上，她还说出“彻底扮演来游乐园玩的游客也很重要”这种话，买下吉祥物的帽子——而付钱的是游佐下警部——妥妥地戴在头上，遮住白发。

“快点，游佐下警部也戴上。扮成游客是很重要的喔！”

今日子小姐说着，递给他一副同样是吉祥物造型的怪眼镜——这也是游佐下警部掏钱买的。

“很适合你喔。真不愧是警部，潜入调查根本是小菜一碟呢。”

只觉得她是在调侃自己，但接下来也只能服从忘却侦探的做法，或该说是为了避免泄漏情报，更应该保持沉默。

今日子小姐向柜台拿了活动简章，虽想给她个忠告“熟读这份简章在玩逃脱游戏时很重要，里头说不定藏有什么提示喔”，但还是忍住了。

即使这样的提醒只是常识等级，仍希望她能在完全没有提示的情况下以最快的速度通关。与其说是希望，或许已经成为一种期待了。

只不过……

“智、智能……手机？智能？下……下载……A……App 应用……应用程序？”

听完柜台小姐——以人物设定来说并非“小姐”，而是哈德逊夫人——的说明后，今日子小姐满脸狐疑。

这时还是需要给她一点忠告。

常识以前的问题。

智能手机、App 应用程序也就算了，忘却侦探应该不至于连“下载”这两个字都没有听懂吧。

“啊啊。就是现代的移动电话吗？所谓的应用程序，是像软件那样的东西对吧？要从商店下载……”

虽然一开始意外受挫，幸好这并不算在攻略时间里，而且她似乎已经理解了，并未造成太大障碍。

“专为这个游戏设计开发的软……应用程序，真是太用心了。这样能回本吗？以这种活动的特性来说，应该是无法期待回头客的吧。”

今日子小姐一边担心游乐园的经营问题，一边用游佐下警部借给她的智能手机进行下载。

“所以才会每几个月就更换游戏活动内容吧。对 A 嫌而言，刚更换游戏内容的当天，是下手最好的时机也说不定。”

“有道理。身为坏心眼的名侦探，也认为‘因为是首场玩家，不可能知道内容’的主张很刻意。不过，此时此刻的我并非名侦探，而是贝克街侦缉分队的一员。”

“……请容我确认一下，贝克街侦缉分队之于夏洛克·福尔摩斯，就像日本的少年侦探团之于明智小五郎对吧？”

“没错，这本活动简章里也附有解说。虽然说明有些不到位，但是就不要计较了。”

推理小说迷对逃脱游戏表露不可一世的态度——是在对立个什

么劲。

“可是，我很向往贝克街侦缉分队呢。可以成为夏洛克·福尔摩斯的左右手，等于实现了一个从小到大的梦想。”

忘却侦探还记得小时候的梦想啊，又或者她只是随口说说而已。

看样子，应用程序也顺利安装好了，希望她差不多可以开始闯关了。

“说得也是。那就动作快点。最快的侦探居然受到催促，实在太不像话了。手机可以借我到通关为止吗？”

“好的，当然可以。”

她说起话来感觉丝毫没有考虑到通不了关的状况，真是太可靠了。

“不过，我想不需要我提醒，不可以用手机的浏览器上网搜索解答或提示喔。”

“好的。这的确不需要提醒。还有，虽是竞速攻略，但也应该禁止奔跑吧。毕竟还有其他游客，万一撞到会很危险。”

总觉得只是快走的话应该没关系，但游佐下警部判断今日子小姐是那种自我设限反而更能激起斗志的人，决定不予置喙。

“那就慢慢来吧，然后将可恨的莫里亚蒂教授推下莱辛巴赫瀑布。”

即便这个设施规模再大，游佐下警部仍不认为会准备什么瀑布来演出这么爆炸性的结局，但他依旧什么也没说，一声不吭地按下秒表——因为把手机借给今日子小姐，只好启动手表的计时功能——已经有好几年没用过这项功能了。

就这样，“贝克街追缉令”开始了。

6

虽然是理所当然的事，但是之后游戏的展开一如游佐下警部事先调查的那样，就像在阅读已经知道凶手是谁的推理小说。

话说回来，如同优秀的推理小说耐得住多次阅读般，即使已经知道谜底，游戏内容也仍能让已经知道答案的人乐在其中。连不谙玩乐的游佐下警部都能乐在其中，所以真的是能够让参加者都很开心的游戏。

今日子小姐也玩得很开心。

但是玩得太开心也令人很头痛。

至少在睡着前，希望她不要忘记自己其实并非贝克街侦缉分队的一员，而是名侦探。

算了，毕竟我也没掌握全部的剧情。

在发现知道太多剧情不太好的当下，游佐下警部就没继续调查下去了。几乎是最后一刻才停下，但是也幸好及时停手，没有连游戏的最后高潮场面都查到。

记得包括最后关卡在内，这个“追逐游戏”总共分为四关。前三关都是在福尔摩斯事务所内的各楼层进行，最后一关则是在事务所外面的贝克街上……

上街之后的发展，对游佐下警部而言也是个未知数，所以，自己只要在离开事务所之前的三个关卡里扮演好沉默寡言的刑警，别乱给今日子小姐提示就行了。

但说到夏洛克·福尔摩斯的冒险故事，小时候明明看得那么着迷，如今却连故事里的刑警名字都不记得了，叫什么来着……

不过，一如故事中的夏洛克·福尔摩斯，今日子小姐根本不需要游佐下警部的协助。她几乎马不停蹄又优雅地如入无人之境般通过了第一关、第二关和第三关。

她利落的身手一点都不像是生手玩家，不仅如此，那速度更非首次参加游戏者该有的，不知道有没有这方面的技能检测考试，但是看那轻快的脚步实在让人不禁怀疑今日子小姐其实持有逃脱游戏的执照。

当然也没有任何作弊嫌疑。自己被委以监视今日子小姐的重大责任，但是看样子根本没那个必要，反而光是要跟上她就快筋疲力尽了。

动作虽然快，但是要说她早就知道答案，似乎也并非如此。看在已经知道答案的游佐下警部眼中，今日子小姐其实有着许多无谓的动作。

固然马不停蹄，但走的绝不是最短距离。在解出正确答案以前，经历过许多的不正确。反过来说，就是毫不畏惧错误或失败。

也说不上是急事缓办，或许这才是最快的方法吧。换作是我的话，可能会更慎重地思考半天。

网罗推理是忘却侦探独特的思考模式，看来在逃脱游戏中也还算能派上用场。至于专用程序，由于是安装在尚未熟悉操作的智能手机里，花了一点时间才进入状态，不过在突破第三关时，就已经把花掉的时间都追回来了。

适应力也太强——或该说是适应得也太快了吗。

不确定是否为每天都会重置记忆的体质所致，但是对错误及失败皆无所畏惧的她，说不定也因此连适应速度都变得非常快。

“或许是由于解谜游戏与推理小说很合拍吧。不过两者之间，似乎仍有着决定性的差异。”

就连自言自语的闲情逸致都有了。

决定性的差异？

游佐下警部差点就要发表意见——插个嘴其实也没什么大不了，但对方毕竟是名侦探，天晓得会不会又被她从无心的发言之中挑出语病，劈头来句“你刚才说什么来着”被嫌弃——幸好在紧要关头把话吞回去，而今日子小姐似乎也没放在心上，接着说："不同于推理小说，逃脱游戏在某种程度上是以'让人解开谜题'为前提设计的。虽然推理小说也有'向读者挑战'的设计，但是与那种非黑即白的世界还是有很大的不同。"

由于忍住不应声，所以不确定自己是否正确理解了今日子小姐这番话的用意，但是在事先调查的阶段，游佐下警部也有同样的感觉。

即使是第一次玩的玩家，也能玩到某个程度，而且也提供了求救的通道。以这个"贝克街追缉令"为例，一旦走投无路，似乎可以收到来自哈德逊夫人或华生助手，甚至夏洛克·福尔摩斯本人的提示。

这是应用程序内的默认机能，卡关时就会接到来自他们的电话或电子邮件提示。

"来自福尔摩斯的提示"对于推理迷而言，可以说是垂涎三尺、求之不得的设计安排，游佐下警部也暗自期待那样的展开，只可惜别说是福尔摩斯或华生，马不停蹄的今日子小姐甚至没接到过哈德逊夫人的联络。

游佐下警部原本曾怀抱着"或许能听见古典与现代的名侦探之间对话"的小小期待，但终究还是落空了。也罢，只要能满足他在工作上的期待，就没有任何问题。

闲话休提。

第一关的"谜题"是把莫里亚蒂教授留在福尔摩斯房间里的四

封信合起来解读。就是那种字谜或填字游戏之类的谜题，游佐下警部觉得只要好好想想，就连自己应该也能解开。

再用手写输入将由此导出的关键词“四个署名”写进应用程序显示的输入框内，就能从三楼下到二楼。

第二关则是关于音乐的问题。心想大概是以小提琴名家夏洛克·福尔摩斯为题材出的“谜题”。只不过用来出题的并不是小提琴，而是钢琴。

这也是调节关卡难度的一环吧——如果以小提琴那种专门的乐器出题，游佐下警部之流就束手无策了。但要是钢琴，即使没有学过，大家也都知道 Do Re Mi Fa Sol La Si Do 吧。

将手机屏幕里显示出的键盘当作钢琴键盘，依序输入解读出的信息，通往一楼的门就会打开。

游佐下警部觉得题目一口气变难的，就是这个移动到一楼之后挑战的第三关“谜题”——以追踪莫里亚蒂教授踪迹的形式，解开3×3 的魔方阵拼图。那个拼图本身并没有什么难度，但是解开的答案象征着什么，却让大部分的玩家在此停下脚步。

他还以为今日子小姐差不多也该在这里停下脚步。

“这想必是要转换成功能型电话的数字键 1 到 9 来输入吧，因此，我想只要启动应用程序内的电话机能，就能破解的。”

瞬间搞定。

暗号型的“谜题”或许反而正是今日子小姐所擅长的一种网罗推理类型。至于所谓“功能型电话”，似乎是传统手机比较好听的说法。

就这样，今日子小姐一路通行无阻，也顺利解开第三关的“谜题”。不过，如前所述，只要花点时间，大部分的玩家都能玩到这里，因为游戏本来就是这样设计的。

与推理小说的差异。

因为是游乐园中的娱乐设施，一般多有逃脱游戏必须让人享受“解谜”而非“谜题”本身乐趣的限制。当然，推理小说肯定也有其娱乐效果，然而在推理小说里，让读者觉得“只差一步就能解开谜底也说不定”几乎等于作者的败北，因此自然会一股脑儿地提高谜题难度。

今日子小姐以“非黑即白”来表现这种状态。这么说来，逃脱游戏只要能答对八成左右，就会被认为是“有趣的活动”。

游佐下警部对“贝克街追缉令”进行调查时，基本上也同意这是个好玩的游戏，只不过，能快快乐乐解谜的时光也只到第三关为止。

第四关。

在卫兵的引导之下，从与报名时不同的出口来到外面，玩家无不当场愣住，因为贝克街变成迷宫了。

若能找出正确路线走出这座迷宫——先不管终点是不是莱辛巴赫瀑布——就可以追上莫里亚蒂教授。

理论上——

“这真是——伤脑筋啊！”

就连今日子小姐，至此也终于停下脚步。这也难怪，在纸上走迷宫，和挑战三次元的迷宫，诀窍完全不一样。

不仅如此，像这样从迷宫的起点望向整个街道，有天桥也有地下道，显然不是能用右手法则*之类通关的构造。

既然无法俯瞰整个街道，就只能仰赖第六感，但是不怕失败的网罗推理在此英雄无用武之地。无论再怎么说都太浪费时间了。

或许迟早还是能通关，但她此时此刻正在进行竞速攻略，不可能采取这种可能会玩到天黑的碰运气玩法。

游戏在设计上，如果进行顺利的话，有一个半小时左右便足以通关，所以这座迷宫应该也有无须仰赖直觉的攻略方法。实际上，也还有个直到第四关都尚未派上用场的提示。

在第一关的房间里，用刀子插在暖炉上的那封信上，最后的署名——“迈克罗夫特·福尔摩斯”。

众所周知，这是福尔摩斯亲哥哥的名字，但是今日子小姐却尚

* 如果是简单的迷宫，只要把手贴在右边的墙上，扶着墙壁往前走，就能走出迷宫的方法。——译者注

未使用这个明显到不行的关键词。既然已经到了第四关，就连外行人都会认为这时总该派上用场了吧。

“没错……说得也是。尤其迈克罗夫特·福尔摩斯在原著小说里是驾着马车登场的马夫，再也没有人比他更适合作为迷宫带路人了。”

今日子小姐说着推理迷会说的话。

还是不要附和她比较好。

话说来到最后一关，游佐下警部已经不再担心自己会脱口说出答案了。

因为事前调查的范围并未涉及接下来的迷宫。

虽然是因为觉得不妥才停止调查，但是通关的人数本来就不多，所以能调查到的情报也远比前几关少了许多。

看了一眼手表上的计时，现在已耗时四十五分零三十二秒。今日子小姐以惊人的速度玩到现在，但要是继续杵在迷宫口，显然不可能达成在一个小时内通关的目标。

“嗯……”

今日子小姐用手指在手机屏幕上滑来滑去，噘着嘴操作程序。

与其说是烦恼，看似像是不满。

从她虽然停下脚步，手指还在动个不停的样子看来，绝没有要放弃游戏的意思。但是比起呆站在这里，干脆不管三七二十一地走进迷宫……

“呃，今日子小姐……”

其实并没有什么特别想说的话，但游佐下警部还是忍不住开口。与此同时，宛如一记交叉反击般，忘却侦探也开口对他说：

“呃，游佐下警部……”

对游佐下警部而言虽是一记交叉反击，但是看在今日子小姐眼中，似乎认为是他先声夺人，居然以一种“哎呀哎呀，最快的刑警连开口说话都是最快的速度吗”的眼神瞪着他。

这股对最快的执着到底是怎么回事。

为这种事对他生气，再怎么说都太过火了。总之，其实也没什么话想说的游佐下警部就让她先说。

“什么事？”

“如今才问也有点怪，官方是不是曾经发表过通关的平均时间为两个小时的事呢？假设A嫌事先得知这点，才用来制造不在场证明的话……与其声称‘花了一个半小时通关’，说自己‘花了两个小时以上’或‘无法通关’对于制造不在场证明还比较有帮助吧……我从一开始就有这个疑问，为什么A嫌要这么说呢？”

“嗯，这个嘛……说得也是……会不会是自诩为逃脱游戏迷的A嫌，就算是为了制造不在场证明，自尊心也不允许用‘花了比平均时间更久的时间通关’或‘无法通关’作为证词呢？”

虽是临时想到的答案，游佐下警部自认倒是挺合理的假设，不过今日子小姐似乎不能接受。

唉，或许她是陷入了瓶颈，想转换心情，不过现在比起命案或嫌疑人，更希望她能把精神集中在这个逃脱游戏上。

然而，今日子小姐才不管游佐下警部的期盼，继续问他：

“所以呢？游佐下警部想对我说什么？”

“没什么，我只是想说，停在这里也不是办法，不如干脆不顾一切地挑战走迷宫比较好……”

事到如今，不管是猜不出暗号，还是走不出迷宫，都没什么太大的差别。游佐下警部的这种建议，或许是玩逃脱游戏时最不该出现的想法。

“啊。呃，暗号已经解开喽。”

今日子小姐回答得干脆。

然后面露烦忧。

“只不过，如果是这样，无论我的攻略时间再短，A 嫌的不在场证明都会成立呐……”

7

一问之下，才知道在完成第三关，离开楼房，站在迷宫的起点时，今日子小姐就几乎已经解开第四关的“谜题”。然而，因为用那个方法通关无法符合目的，为了寻找其他攻略法——不要用到“迈克罗夫特·福尔摩斯”就能通关的手法，她停下了脚步。

“但是，看似无论如何都得用上这个关键词呢。我也探索过这个系统，想看看有无漏洞，但实在是铜墙铁壁。”

解谜本身与前面三关一样，全都是听到答案就会觉得“再多考虑一下就能想通了”的那种，就算实际解不开，也会那么想。

“一如副标题的‘留言’，这个游戏的主题是以通信、联络及署名为主轴。针对如何将一百年前的世界观置换到现代的设计，很值得身为记忆会重置的忘却侦探好好地思考斟酌一番。在第一关的三楼，是用手写的方式把想到的答案送出去。第二关的二楼，则是从钢琴的键盘联想到键盘输入。至于第三关的一楼，则是使用传统手机的输入键来运用魔方阵的答案。根据我的推理，到了第四关，就应该轮到使用智能手机特有的输入法吧？”

又是第三关，又是一楼的，听来或许有些混乱。今日子小姐一边补充细节，一边露出手机的画面。

应用程序内的电子邮件发送画面。

没错。

提到智能手机特有的输入法，对于今日子小姐而言，与逃脱游戏同样前所未见的输入法，当然就是——

“滑动输入……是吗？”

“是的。”今日子小姐点了点头，“具体而言，是以滑动输入的方式输入‘迈克罗夫特·福尔摩斯’（マイクロフトホームズ）时用手指的动向来指路。‘マ’是‘笔直前进’、‘イ’是‘左转’、‘ク’是‘上楼’、‘ロ’是‘下楼’……因此，‘マイクロフトホームズ’就是‘前’‘左’‘上’‘下’‘上’‘下’‘下’‘右’‘上’‘上’‘前’。”

“嗯……最后是‘上’‘前’吗？”

因为她是一鼓作气地说完，游佐下警部瞬间反应不过来，好不容易才勉强跟上。接着今日子小姐点点头。

“对。‘福尔摩斯（ホームズ）’的‘ズ’是‘ス’与‘浊音’的组合，所以要把再按一次‘浊音’键解释为‘笔直前进’。”

流畅的说明，让人无法想象她直到刚才连智能手机的存在都不记得。既然她都说得这么肯定，大概不需要再求证吧。

当然，滑动输入的方式会依智能手机的机型而异，所以游戏必定配合应用程序准备了各种不同的迷宫走法。而游佐下警部的手机得出的，似乎就是这条路线。

正确答案不见得只有一个，也是其与推理小说的差异吗？

“那……那么，就照这个指示走出迷宫吧！现在就跑……呃，就算不用跑，只要从现在开始加快速度，就能在一个小时内通关……”

“没错。我们可以勉强达成一个小时以内的目标。可是，用这个程序到现在，我才发现这个应用程序，好像会记录玩家的时间呢。”今日子小姐说道。

8

她说从楼房走到贝克街上时——也就是来到迷宫区时，可能是满足了条件，应用程序内的秒表开始计时。

换言之，画面中清清楚楚地显示着花在追逐莫里亚蒂教授、攻略迷宫的时间——而且很贴心地将“抵达终点的现在时刻”也同时留下记录。

以日本警察的惯用说法来表达，就是“几点几分逮捕嫌疑人”。

事已至此，今日子小姐时间竞速攻略的结果，只证明了“能否创下最快的通关纪录，都与推翻A嫌的不在场证明毫不相关”。因为保存在那家伙手机应用程序里的记录，就是一切。

倘若那个记录真是A嫌本人宣称的一个半小时，游佐下警部所做的一切不仅无法推翻不在场证明，反而成了A嫌不在场证明的有力证据。

在一点也不适合自己的游乐园里忙了半天，究竟是所为何来。不，当然，要是能证明无辜之人的清白，光这样就已经是成果丰硕，可是……

“实在很难说那家伙是‘无辜之人’呢！”

今日子小姐代替游佐下警部说出了他的内心话。依照着她推理出来的方法，在迈克罗夫特·福尔摩斯的带领下走出迷宫，抓住莫里亚蒂教授之后，两人再度回到咖啡厅。

顺带一提，结果还是无法创下一个小时以内的记录。

真实时间竞速失败了。

要是没在迷宫的入口发现“推翻不在场证明与游戏内容无关”而烦恼半天，恐怕就能达成目标吧，但是达成的意义也早在前一刻消失无踪。

之后几乎只是把游戏走完。

正确地说，进了迷宫之后也还有任务，而且是相当有特色的“谜题”，但已经完全不重要了。

“如果有那么牢不可破的不在场证明，为何不一开始就拿出来？只是口头宣称自己参加了逃脱游戏，实在很不自然。该不会是忘了吧。又不是忘却凶手。”今日子小姐说道。游佐下警部对此也是深感同意，至少在他的侦讯下，A嫌并非那么特殊的凶手。

“话虽如此，但是要伪造出那样的证据并不容易吧？即使不参加游戏也能下载应用程序，但游戏本身一定要自己亲自玩——”

“而且也没有制造伪证的证据。”

讲完这番纠缠不清的状况，今日子小姐脱下一直戴在头上的吉祥物帽子。

“只要在自己动手杀人时，把手机交给共犯，请对方代为参加逃脱游戏不就行了吗？戴上这种帽子，再戴起游佐下警部脸上那种眼镜，乍看之下就判若两人了。这是只有在游乐园才能使出的‘交换把戏’。”

“交换把戏……”

有道理，这类道具的确可以确保游客的匿名性。

“用逃脱游戏的讲法来说，应该是组队挑战吧？如果之所以声称一个半小时这种有点嫌短的通关时间，是因为共犯真的只花了这么点时间就通关。所以只能这么说的话，就很自然了。”

“……”

倒也不是——不可能。

但没有证据，也没有根据。

即使要锁定共犯，也几乎是件不可能的任务。

“……会不会是因为事先得知智能手机与应用程序是必要的道具，就想到利用这些来制造不在场证明呢？”

“A 嫌知道不管怎样，警方都会从动机方面怀疑到自己头上，所以事先制造不在场证明……在接受警方侦讯时刻意隐瞒，打算等到送检，或是进入司法程序的阶段才翻供也说不定。或许还打算以遭到长时间不当拘留来要求警方赔偿。”

有这么不顾一切的可能性吗？

总觉得守财奴侦探的推理太过于穿凿附会，不过要是基于“反正都会被怀疑”就想趁机敲一笔的话，胆子倒是挺大的。

翻供。这是游佐下警部最害怕的可能性。

“可是啊，因为逮捕时就扣押了手机……担心要是一个搞不好，证据可能会被警方湮灭于是绝口不提，可能比较实际就是了……”

即便是再怎么不待见的证据，游佐下警部也不至于像个缺德警官似的，做出卸载应用程序毁灭证据这种事。不过，如果是做了亏心事的嫌疑人，会疑心生暗鬼也不奇怪。

警方不仅不会毁灭证据，相反，虽说已经作为证物扣押了，若没有本人的协助，几乎不可能看到用密码锁起来的手机内容。

“咦？请等一下，游佐下警部。你刚才说什么来着？已经扣押了A嫌的手机……在逮捕的同时？”

“啊，呃……”

糟了，还没告诉她这件事——原本也没打算告诉她这件事，但因为逃脱游戏终于结束而松了一口气，不小心说漏嘴了。

不过，这件事倒没什么好隐瞒的，既然已经通关了，瞒着她反而奇怪，所以就算说漏了嘴也不要紧，反而是被侦探用那句“你刚才说什么来着”这么一呛，让他终于体会到保密是多么困难。

在进行解谜任务时，游佐下警部始终保持沉默，或许是正确的选择，然而，把对方当作参考人问话，跟逮捕起来加以侦讯，应该没什么不同吧？

当然完全不同……我刚才说了什么来着？

“不，是否已经逮捕 A 嫌这件事本身在推理上并不重要，重要的是扣押了手机。请问是什么时候逮捕，又是什么时候扣押了手机？”

“……我想想。”

这不正是“几点几分逮捕嫌疑人”吗？但当下实在想不起准确时间。

“案发当天的傍晚……有什么问题吗？”

“如果是这样……”

今日子小姐说道。

一边用食指轻触游佐下警部放在桌上的智能手机画面。

“如果是这样，或许就能以此作为制造伪证的根据，推翻 A 嫌的不在场证明。因此，游佐下警部，可以请你从扣押的手机上采集 A 嫌的指纹吗？”

9

一开始还没听懂她在说什么。

既然是本人的智能手机，当然会采集本人的指纹，然而，再仔细一问，她要游佐下警部采集的，是指纹的动作。

指纹的线路。

“倘若 A 嫌真的参加过‘贝克街追缉令’解谜活动。手机屏幕上最少也会留下输入最后一关的关键字‘迈克罗夫特・福尔摩斯’的食指痕迹——‘マ’‘イ’‘ク’‘ロ’‘フ’‘ト’‘ホ’‘ー’‘ム’‘ス’‘浊音’，也就是‘前’‘左’‘上’‘下’‘上’‘下’‘下’‘右’‘上’‘上’‘前’。”

虽然参加游戏至今已经过了一段时间，输入的痕迹可能会因为擦拭屏幕、重复输入新的字句而消失，但既然是当天傍晚就扣押，就还有留下动线的可能性。

无须破解密码，只要分析屏幕上的指纹即可。

万一有那个痕迹，就能完全证实本人的不在场证明，万一采集到呈现同样动线的他人指纹，共犯就浮出水面了。

话说回来，今日子小姐似乎并非抱持那么大的期待，她认为倘若有共犯乔装改扮，借了 A 嫌的手机参加游戏，应该会采取戴上手套或使用触控笔等对策才是。似乎挺看得起 A 嫌的。

然而，A 嫌的朋友做梦也没想到自己会成为杀人共犯，单纯是受到 A 嫌“请代替我参加”的请求。他和 A 嫌似乎是通过参加逃脱游戏，由于“组队挑战”而认识的，因此朋友不但没想过要乔装，甚至直接徒手操作手机，清楚地留下了输入“迈克罗夫特·福尔摩斯”的指纹。

一切固然没有顺利到那个指纹刚好是前科犯的指纹，但是迟钝的游佐下警部经过独自一人脚踏实地的地毯式搜索，终于找到了指纹的主人。既然找到指纹的主人，接下来就只需要顺藤摸瓜了。因为共犯借用A嫌的手机时，当然从A嫌口中问到了密码。

从中确认到的并不是有没有下载逃脱游戏的应用程序，而是A嫌的个人隐私，最后是A嫌与A被害人之间的邮件信息往来成了决定性的证据，可说是极为平凡，也可说是相当讽刺。

A嫌之所以不主动提出应用程序记录的通关时间作为“证据”，并不是为了在进入司法程序的阶段翻案，而是还没来得及处理掉手机里的各项信息之前就被捕了。

记忆每天都会重置的忘却侦探，当然无法看顾游佐下警部这些“事后的调查”到最后，不过当她离开游乐园的时候，说了这样的话：“从我有记忆以来，就常听到一旦习惯用机械输入文字，迟早有一天大家都不会用手写字这种说法，但是说归说，时代再怎么变迁，笔迹鉴定永远还是有效的呢。”

今日子小姐似乎也会谈论未来。

即使那是不管速度再怎么快，都绝对无法抵达的未来。

写在最后

想必喜爱推理小说的读者都曾为“看人被杀还那么开心未免也太轻率了”这般叱责而感到有口难言。除了遭受叱责的状况外，也有怀疑“把如此残虐的恶意当成娱乐来消化的自己在人格上没有问题吧”的情形。脑中虽然会浮现“不，还是有很多没人被杀的推理小说呀，像日常系之类的书”这种借口，但即便是日常系的谜题，有时还是惨绝人寰，不管再怎么说，都是以犯罪行为作为主轴的小说这点，仍是无可动摇的事实。实际上，推理小说似乎也经历了受到伦理规范、主动订立尺度的时代，但是至今在本质上依然没有太大差别。那么，其他小说难道不是这样吗？其实也是一样，像是家庭小说或言情小说，故事也是建立在让登场人物面对困难、悲剧或阴差阳错的事件，读者一样会烦恼“把这些困难、悲剧或阴差阳错的事件当成娱乐来消化的自己，在人格上没有问题吧”。为了彰显正义，于是描写足以与其匹敌的邪恶是推理小说的写作基础，用另一种比较论来看，“开心”的情绪或许原本就是与“轻率”互为一体两面也说不定。这点不光是娱乐小说，纯文学也不例外，这么说，“有趣”和“腹黑”也类似吧。口是心非！算了，人之所以为人，就是能在“烦恼”这种负面情绪里找出乐子。

如此这般。初次见面，谢谢收看描写与烦恼无缘的名侦探——

“忘却侦探系列”第七部，《掟上今日子的有谁得利》与《掟上今日子的叙述性诡计》是刊登在《梅菲斯特》里的短篇，《掟上今日子的心理测验》与《掟上今日子的笔迹鉴定》则是为本集写下的新作。虽是各自独立的短篇，要说的话乃是采用系列第三部《掟上今日子的挑战状》和第五部《掟上今日子的辞职信》两册的“今日子小姐与刑警们”模式，与“今日子小姐与厄介君”模式各异其趣。若分细一点，可再分成“今日子小姐与男警们”及“今日子小姐与女警们”，但分得太细反而会让人觉得太杂看不下去，希望大家还是独立看待每一部，毕竟每次重置才是忘却侦探。感谢阅读《掟上今日子的家计簿》。

虽是内容不连续的系列，但封面一直都是今日子小姐，把七本摆在一起实在颇为壮观。VOFAN 先生，非常感谢你。附带一提，系列第八部将会是《掟上今日子的旅行记》，还请多多指教。

西尾维新

《掟上今日子的家计簿》
绯华璃 译
本书中文译稿经青空文化有限公司授权出版简体字版本。

北京市版权局著作合同登记号：图字 01-2021-3513

图书在版编目（CIP）数据

掟上今日子的家计簿 /（日）西尾维新著；绯华璃译. -- 北京：台海出版社，2021.9
ISBN 978-7-5168-3057-4

Ⅰ. ①掟… Ⅱ. ①西… ②绯… Ⅲ. ①推理小说－日本－现代 Ⅳ. ① I313.45

中国版本图书馆 CIP 数据核字 (2021) 第 128256 号

掟上今日子的家计簿

著　　者：[日] 西尾维新　　译　　者：绯华璃

出 版 人：蔡　旭　　封面绘制：VOFAN
责任编辑：员晓博　　封面设计：MF

出版发行：台海出版社
地　　址：北京市东城区景山东街 20 号　　邮政编码：100009
电　　话：010-64041652（发行、邮购）
传　　真：010-84045799（总编室）
网　　址：www.taimeng.org.cn/thcbs/default.htm
E－mail：thcbs@126.com

经　　销：全国各地新华书店
印　　刷：三河市嘉科万达彩色印刷有限公司
本书如有破损、缺页、装订错误，请与本社联系调换

开　　本：880 毫米 ×1230 毫米　　1/32
字　　数：179 千字　　印　　张：7.25
版　　次：2021 年 9 月第 1 版　　印　　次：2021 年 9 月第 1 次印刷
书　　号：978-7-5168-3057-4

定　　价：48.00 元